T0243173

UN LOBO DENTRO

PEDRO MAÑAS

Un lobo dentro

Ilustraciones de **Ed Carosia**

NUBE **DE TINTA**

Papel certificado por el Forest Stewardship Council®

MIXTO
Papel | Apoyando la
silvicultura responsable
FSC® C117695

Penguin
Random House
Grupo Editorial

Primera edición: febrero de 2023
Primera reimpresión: enero de 2024

© 2023, Pedro Mañas
© 2023, Penguin Random House Grupo Editorial, S. A. U.
Travessera de Gràcia, 47-49. 08021 Barcelona
© 2023, Ed Carosia, por las ilustraciones

Penguin Random House Grupo Editorial apoya la protección del *copyright*.
El *copyright* estimula la creatividad, defiende la diversidad en el ámbito de las ideas y el conocimiento,
promueve la libre expresión y favorece una cultura viva. Gracias por comprar una edición autorizada
de este libro y por respetar las leyes del *copyright* al no reproducir, escanear ni distribuir ninguna
parte de esta obra por ningún medio sin permiso. Al hacerlo está respaldando a los autores
y permitiendo que PRHGE continúe publicando libros para todos los lectores.
Diríjase a CEDRO (Centro Español de Derechos Reprográficos, http://www.cedro.org)
si necesita fotocopiar o escanear algún fragmento de esta obra.

Printed in Spain – Impreso en España

ISBN: 978-84-18050-38-1
Depósito legal: B-22.410-2022

Compuesto en La Nueva Edimac, S. L.
Impreso en Liberdúplex, S. L.
Sant Llorenç d'Hortons (Barcelona)

NT 5038 A

Hay épocas en que uno siente que se ha caído a pedazos, y a la vez se ve a sí mismo en mitad de la carretera, estudiando las piezas sueltas, preguntándose si será capaz de montarlas otra vez y qué clase de artefacto saldrá.

T. S. ELLIOT

Me vengaré de mis sufrimientos; si no puedo inspirar amor, desencadenaré el miedo.

MARY SHELLEY

Era ya de madrugada, pero luces azules y amarillas coloreaban los ladrillos de las fachadas. Las primeras pertenecían a un coche de la policía, atravesado en mitad de la calle. Seguramente el mismo del que habíamos huido momentos antes. Las segundas, a una ambulancia medio subida a la acera.

Entre ambos vehículos, cubierto por una manta isotérmica que parecía hecha de crujiente papel dorado, estaba el cuerpo. Por la distancia que lo separaba de la fachada, supuse que había saltado desde alguno de los balcones. Bajo su brillante cobertura asomaba, en un ángulo forzado, una mano de dedos pálidos.

Me despojé de la careta al advertir las miradas de desconfianza de los vecinos que comenzaban a agolparse frente al cordón policial. Era lógico que les resultase sospechosa. Fue al guardarla en el bolsillo cuando también sentí posarse sobre mi hombro una mano helada.

Me di la vuelta. De entre todas las personas del mundo, aquella era la última que esperaba ver.

Jesús Aguirre. Ojos de Huevo, como lo llamaban todos en el instituto.

Tenía un aspecto aún más extraño que de costumbre. Al ralo cabello pelirrojo y la mirada saltona del profesor se sumaban ahora un pijama gastado y un aire de completa confusión. Supuse que acababa de despertarse, alertado por el golpe o por el alboroto que crecía a nuestro alrededor. Ni siquiera pareció reconocerme cuando se dirigió a mí.

—¿Qué… qué ha pasado, hijo?

Me revolví un poco para sacudirme su mano blanca y enfermiza.

—No sé —masculle—. Uno que se ha tirado, supongo.

—Sí. —Aguirre intentaba abrocharse sin éxito el primer botón de su pijama—. ¿Pero quién… quién era?

—Yo qué sé —contesté con sequedad.

—Ve a ver, anda.

—Pero…

—Ve, por favor —me insistió, casi implorando—. Creo que lo conocía. Tenía que conocerlo, por eso estoy aquí, ¿no?

Si le hice caso no fue solo por su aire enajenado ni por la lástima que me inspiraba. Ni siquiera por alejarme de él. Fue también por los remordimientos que me arañaban el estómago.

Avancé como pude entre los vecinos que se aglomeraban ya al otro lado del cordón. Algunos señalaban con espanto el cuerpo, llevándose las manos a la boca. Aunque la manta que lo cubría apenas dejaba algún resquicio al descubierto, a mí también me bastó para reconocerlo.

Entonces, por segunda vez aquella noche, vi a la última persona que esperaba encontrar. Literalmente.

No fui yo, sino el lobo que llevo dentro, el que echó a correr calle abajo, espantado, y se perdió en la oscuridad.

CAPÍTULO 1

Lo que casi nadie sabe es que aquel lobo mío nació de un escarabajo.

Faltaba solo una semana para que acabase octubre, un día para mi cumpleaños y apenas un minuto para bajar al recreo. Desde mi pupitre, tras las ventanas moteadas de huellas de dedos y narices, alcanzaba a ver un triángulo del patio. Por aquel entonces aún me parecía inmenso. La niebla lo había invadido durante la noche, y las canastas de baloncesto surgiendo entre la bruma me recordaban las lápidas de una película de terror barata. Noviembre era un monstruo panzudo y gris que sobrevolaba el barrio.

—Un minuto —susurró Gus, mi compañero de pupitre y mejor amigo, vigilando un aparatoso reloj de plástico tan ajustado que le cortaba la circulación de la muñeca.

Nuestro colegio era una mole de cemento pelada y fea en un barrio más feo aún. Uno de esos que crecen a las orillas de la ciudad con la rapidez y el color de una mancha de óxido.

—Medio minuto —dijo Gus, meneando ya su amplio trasero en el asiento de al lado.

La escuela no sería bonita, pero era el único reino que de algún modo nos pertenecía. Un país pequeño y seguro que sería nuestro hasta el final de la secundaria. Y en mi cabeza eso significaba prácticamente toda la eternidad. Ni siquiera habíamos calculado los años que nos quedaban hasta entonces. Nos preocupaban mucho más los segundos que faltaban para bajar al patio. Nuestra profesora paseaba por la clase dejando un rastro de perfume entre los pupitres.

—Y, como las dos fracciones tienen el mismo denominador, podemos sumar los… —recitaba.

—Tres, dos, uno —susurró Gus, justo antes de que el timbre interrumpiese a la maestra.

El patio estaba tan inundado de niebla que, más que salir al recreo, nos zambullimos en él. Yo corrí junto a los demás llenando mis pulmones de aire frío y lechoso. Entre la bruma, los contornos de mis compañeros se desdibujaban y apenas podía distinguir quién era quién. Eso me gustaba. Quizá porque, por aquel entonces, también yo me sentía idéntico al resto. Aunque no por mucho tiempo.

De pronto, Gus me alcanzó por sorpresa y saltó sobre mi espalda.

—Oye, ¿qué le pasa a esa? —preguntó, señalando las escaleras del porche.

Una niña de trenzas rubias avanzaba muy despacio entre la bruma. La dorada aparición se llamaba Martina y era nueva en el centro.

Creo que a Gus le gustaba tanto como a mí. Lo sé porque también él se repeinaba el flequillo al verla, y ahuecaba su voz chillona, y le tiraba de una trenza como si fuera el cordón de una campana para llamar su atención. Era el tipo de amor que nos hacía comportarnos con ella como idiotas, pero que dejábamos olvidado al salir del colegio, igual que los juguetes que los críos de preescolar olvidaban entre la arena. Éramos demasiado pequeños, o demasiado amigos, como para pelearnos por una chica.

Lo que Gus no sabía era que, hacía unos días, yo me había saltado aquel pacto no escrito entre los dos.

En la última hoja de un cuaderno había dibujado un retrato de Martina. La nariz respingona, las trenzas revoloteando tras la nuca, el colmillo que asomaba de su sonrisa traviesa. Seguro que no era gran cosa, pero entre el resto de los garabatos que emborronaban las páginas a mí me pareció una obra maestra. Tanto que, en un arranque de valentía, decidí regalarle en secreto el dibujo. Aproveché la clase de Educación Física para acercarme con disimulo a su pupitre y esconderlo al fondo de su mochila, como si se tratase de una carta de amor.

Bueno, supongo que más o menos lo era. Dibujar siempre había sido mi modo de decir todo aquello para lo que aún no tenía palabras.

No sé lo que pretendía que hiciera ella. Fuera lo que fuera, la verdad es que no hizo nada. Que yo sepa, jamás mencionó el dibujo, así que durante días pensé que ni siquiera había reparado en él. Y menos aún en mí, claro.

Resulta que estaba equivocado.

Si Martina caminaba tan despacio aquel día era porque llevaba consigo algo muy valioso. O eso me pareció por el modo en que lo abrazaba. Su tesoro consistía en una caja metálica y redonda, de esas donde uno espera encontrar galletas pero que acaban llenas de hilos y útiles de costura. La niña la transportaba casi de puntillas. Tenía ese aire elegante que nos atraía a Gus y a mí como un imán atrae las limaduras de hierro.

—¿Qué llevas ahí? —le preguntaban todos, pero ella alimentó el enigma con una media sonrisa.

Una de sus amigas, una cría con dientes de ratón, nos reveló el secreto. Resulta que la caja no ocultaba agujas ni galletas, sino un pequeño escarabajo. Después de encontrarlo en su jardín, Martina se había empeñado en traerlo al colegio sobre un colchón de hojas de lechuga. Al parecer, no era un escarabajo normal.

—Es una especie exótica —aseguró orgullosamente su amiga, y la propia palabra también nos pareció exótica—. Cuando le da la luz refleja todos los colores. Como una piedra preciosa o algo así. ¡Parece mágico!

—Os lo voy a enseñar —anunció Martina, arrastrando a su amiga hacia un rincón—. Pero de uno en uno.

Se dejaron caer las dos con las piernas cruzadas en aquella esquina del patio. Todos nos amontonamos alrededor, ansiosos por echar un vistazo a aquel ejemplar único. Incluso organizamos algo parecido a una fila. Gus y yo nos golpeamos en broma para quitarnos el frío y calmar nuestra impaciencia. Nuestras vidas eran aún tan pequeñas que, de pronto, ver a aquel bicho ridículo se había convertido en lo más importante del mundo. Tan importante como los minutos que faltaban para bajar a clase o el último cromo para terminar una colección o decidir si una nube tenía forma de hamburguesa o de dinosaurio.

Gus contó tres minutos y medio en su reloj hasta que, al fin, llegó nuestro turno.

Martina, que tapaba y destapaba el palacio redondo de su escarabajo con mucha ceremonia, apretó entonces la mano sobre la caja hasta que hizo clac. Por primera vez, advertí que tenía las uñas mordidas. Luego, al levantar la vista, también descubrí que el colmillo de su sonrisa asomaba en un ángulo venenoso.

—Tú puedes verlo —dijo entonces, mirando a Gus—. Pero Jacob no.

Y Jacob, por si no lo he dicho, soy yo. Jacob Luna.

CAPÍTULO 2

Es así como comienza todo y no como en las películas.

Al menos, no como en las películas que yo he visto.

Al menos no fue así como me sucedió a mí.

No hicieron falta golpes ni empujones, ni siquiera alguna broma cruel con mi apellido, tan inusual. Bastaron unas simples palabras, como una fórmula mágica que escuché por primera vez aquel día: «Jacob no».

—¿Por qué yo no? —pregunté, desconcertado.

Tendría que esperar muchos años para que Martina me respondiese a aquella pregunta. De momento, se contentó con mantener su sonrisa, tan bonita como desafiante. Fueron los demás los que empezaron a corear la noticia a nuestro alrededor:

—A Jacob no le deja.

—Ese de ahí no puede.

—Jacob que no lo vea.

—Los demás sí podéis —aclaró Martina, mientras su amiga la secundaba con una risita.

La Emperatriz de los Bichos fue astuta. No le bastó con señalarme. También ofreció algo al resto para que levantase el dedo en mi dirección. Un trabajo bien hecho. Impacientes, un par de codos cómplices me empujaron intentando abrirse paso.

—Pues vale —dije al fin, encogiéndome de hombros para fingir indiferencia—. Por mí puedes comerte a tu bicho. Venga, vámonos.

Gus no reaccionó a mi orden. En vez de eso, se apartó unos pasos al tiempo que murmuraba algo. Fui incapaz de oírlo, pero conocía a mi amigo lo suficiente como para comprender lo que quería decir. No le culpo porque quizá yo hubiera hecho lo mismo. Lo que me molestó fue la sospecha de que Gus no me estaba abandonando por el escarabajo, sino por la propia Martina.

—Vale, pues quédate —gruñí.

Le di la espalda al traidor y me alejé con todo el orgullo que pude. Pretendía desaparecer entre la niebla, como hacían los superhéroes de las películas que solía ver cada noche con mi padre. Eso deseaba ser yo entonces: un superhéroe. Adentrarme sin miedo y a cámara lenta entre los disparos enemigos.

Sin embargo, ya he dicho que las cosas no suceden como en las películas. Y es que yo sí recibí un disparo. El de un balón duro y gris como un fósil que surgió de pronto de la niebla y me golpeó en un lado de la cabeza. Venía del campo de fútbol de los mayores.

El dolor del balonazo y las risas que lo siguieron incendiaron mi oreja en un instante. Pero el calor no se quedó ahí. Sentí que aquel fuego diminuto se propagaba al resto de mi cuerpo con una oleada de rabia. Y, con él, unas palabras que el golpe había removido en mi cabeza. Algo que mi padre solía repetirme:

«Eres un blandengue, Jacob. Dejas que hasta las niñas abusen de ti».

Avergonzado y aturdido, me di la vuelta. Luego regresé a grandes zancadas hasta la esquina, abriéndome paso entre los niños que esperaban su turno. Alguien chilló y otro trató sin éxito de detenerme. Martina y su amiga, desprevenidas, apenas alcanzaron a darse cuenta de lo que ocurría. Solo pudieron verme arrancar de un manotazo la tapa de su fortaleza de hojalata.

Allí estaba el escarabajo, un destello de acero entre la lechuga que empezaba a amarillear. Lo único que quería era sostenerlo un momento en la palma de la mano, demostrarles que no podían conmigo. Sin embargo, apreté instintivamente los dedos en torno al insecto al oír a Martina pegar un grito.

—¡No, que no lo vea! —Si de pronto lo más importante de mi vida era contemplar aquel bicho, lo más importante de la suya parecía ser impedírmelo.

Nadie cuestionó su orden. Mis compañeros se me acercaron, dispuestos a abrirme a la fuerza el puño hueco y hormigueante. Alguno todavía reía cuando me agarró de la muñeca. Era ese momento peligroso y frágil que decide si un juego sigue siendo un juego o se convierte en algo más peligroso.

Fue entonces cuando alguien me sujetó de la cintura y yo apreté un poco más la mano derecha. Sentí un leve crujido en la palma sudorosa, como el de una almendra al desprenderse de la piel. Sabiéndome perdido, también la frente me empezó a sudar.

—¡Eh, dejadlo en paz! —oí exclamar a mi espalda.

Era Gus, que acababa de posar amistosamente una mano sobre mi hombro. O no tan amistosamente, porque con la otra buscaba furtivamente mi puño apretado. Sentí sus uñas hurgarme entre los dedos con la intención de aflojar la presión.

—Venga, tío, suéltalo.

Por primera vez en mi vida, sentí ganas de golpear a mi amigo. Allí mismo, con aquel puño en el que se iban apagando poco a poco las cosquillas. Supongo que papá tenía razón en eso de que era un blandengue, porque la sola idea de pegar a Gus me mareaba. A cambio, hice algo peor.

Desesperado, me llevé a la boca la mano donde ocultaba el insecto… y me lo tragué.

No quise masticarlo, pero sentí el arañazo de sus patas de alambre al caerme por la garganta como una píldora. Una píldora oscura y brillante que, como en los cuentos de hadas, me transformó mágicamente. De pronto ya no era la víctima, sino el villano.

Aún no sé cuál de los dos papeles me corresponde en esta historia. Solo puedo asegurar que no seré el héroe.

CAPÍTULO 3

A la mañana siguiente, la niebla había dado paso a una lluvia fina que apenas se dejaba ver, pero que iba tiñendo las casas de ladrillo de marrón oscuro. Yo caminaba hacia el colegio junto a Amanda, mi hermana pequeña. Ella, dando saltitos y canturreando algo que había aprendido en clase. Yo, ceñudo y silencioso.

—¿Qué te pasa?

—Nada.

«Nada» es otra de esas palabras mágicas, pequeña pero poderosa. Como el pañuelo de un mago, es capaz de ocultar lo que está ocurriendo a la vista de todos. Por desgracia, Amanda era de las que siempre insistía en meter las narices bajo el pañuelo.

—¿Y por qué no hablas? —dijo al cabo de un momento.

—Por nada.

—¡¿No estás contento de que sea tu cumple?!

—Sí.

Mamá y ella me habían despertado canturreando al borde de mi cama. Pero ni eso ni el trozo de tarta en el desayuno habían logrado aplacar del todo mi enfado. Caminaba arrancando a puñados los diminutos frutos rojos que brotaban en los arbustos que bordeaban la calle. Al apretarlos estallaban dejándome un residuo naranja entre los dedos.

—¡Eh! —nos sorprendió una voz a mitad de camino.

Gus, que vivía tres pisos por debajo de nosotros, se acercaba corriendo a nuestra espalda. Era el primer día en mucho tiempo que no lo esperábamos en el portal. Casi desde que la casualidad nos había puesto a los dos en el mismo barrio de las afueras, en el mismo edificio, en el mismo pupitre cojo de la segunda fila.

—¡Eh, felicidades! —voceó de lejos mi amigo, con el chándal empapado de lluvia y de sudor.

—Gracias —respondí, esperándolo en mitad de la acera pero sin mirarlo a los ojos.

—Es hoy a las cinco, ¿no? —dijo él.

—Sí —murmuré, poniéndome otra vez en marcha—. A las cinco.

—¡Mi madre ha comprado una piñata de monstruos! —chilló Amanda.

Los seguí en silencio por la ancha avenida que descendía hasta el colegio. Era una de esas calles salpicadas de tiendas de móviles, de cacas de perro y de gente paseando arriba y abajo con bolsas de algún supermercado barato. Durante un rato, Gus escuchó pacientemente las explicaciones de Amanda sobre mi fiesta de cumpleaños. Luego, cuando ella se puso a lanzar frutos contra los coches aparcados, bajó la voz para decirme:

—¿No te duele la tripa ni nada?

—No.

Ni Gus ni nadie sabía que había vomitado el día anterior al volver a casa. Aun así, no estaba seguro de haber expulsado el escarabajo. Seguía notando en mitad del estómago un peso pequeño y preciso, como el de una bala de plomo. Aunque quizá no era el insecto, sino mi vergüenza.

—Lo bueno es que la profe no se ha enterado —insistió Gus—. No pueden castigarte.

—Ya.

—¿De qué no se ha enterado la profe? —preguntó distraídamente Amanda.

—De nada —contesté, y después yo también bajé el volumen—. Oye, ¿te ha dicho algo Martina?

—No —respondió él—. Bueno, que no va a venir a tu fiesta.

—Pues que no venga —respondí, disimulando mi contrariedad. En realidad ya contaba con eso. De haber podido, yo mismo hubiera roto su invitación.

—¡Pero yo si voy! —sonrió Gus, lanzándose otra vez sobre mi espalda—. Ya tengo tu regalo y todo.

—¿Qué es? —pregunté. Ahora lo que disimulaba era mi interés.

—Aaah —respondió él, y me pegó un suave puñetazo en el hombro—. Sorpresa.

Entonces, un poco a mi pesar, también a mí se me escapó una sonrisa. Me había costado más tragarme mi orgullo que el dichoso escarabajo, pero al fin le devolví amistosamente el golpe.

Para cuando llegamos al colegio, ya lo había perdonado del todo.

Si Martina no había conseguido separarnos, tampoco íbamos a dejar que lo hiciera un bicho asqueroso.

CAPÍTULO 4

Dejamos a Amanda en el porche delantero y rodeamos juntos el edificio.

—¿Qué toca a primera?

—¿Tú qué crees?—resopló Gus, pellizcando la sudadera de su chándal.

Sabía que sus kilos de más lo acomplejaban, especialmente durante la clase de Educación Física.

Seguimos discutiendo los detalles de la fiesta de camino a las escaleras que descendían al gimnasio. Era una sala subterránea de techos altísimos que olía a humedad y a goma mordida por el polvo. Una luz tenue y verdosa caía desde las ventanas que se abrían a ras del patio.

No me extrañó el alboroto que resonaba por el hueco de la escalera. El profesor solía retrasarse y, hasta que llegaba, todos se dedicaban a hacer el payaso con los artículos deportivos. Lo que me extrañó fue ver a un grupo de alumnos mayores frente a la puerta de hierro y cristal esmerilado. Eran cuatro o cinco chicos de secundaria arrellanados en los peldaños y abrigados por el eco de sus propias risas.

—¿Qué hacen esos ahí? —susurró Gus, después de sortearlos y ponernos a salvo en la enorme sala de deportes.

Fue entonces cuando los chavales abrieron la puerta a nuestra espalda. Lo que hacían era, precisamente, esperarnos.

Mejor dicho, esperarme.

—Hombre —dijo uno de los chicos, fingiendo sorpresa. Solo entonces lo reconocí.

Apenas había visto a Leo un par de veces, aunque se parecía tanto a Martina que cualquiera hubiera adivinado que eran hermanos. Leo tenía el pelo tan rubio como ella y las mejillas igual de sonrosadas. Incluso el mismo colmillo sesgado. Sin embargo, tenía los labios cubiertos por una fina costra blanquecina, como si siempre estuvieran despellejados.

—Tú eres el comebichos, ¿no? —preguntó, arañando con los dientes aquella pielecilla repugnante.

Al oírlo, unos niños de clase que se estaban revolcando por las colchonetas levantaron la cabeza con curiosidad. Yo quise regresar a las escaleras, pero el resto de los chicos mayores bloqueaban la salida. Busqué a Gus con la mirada sin lograr encontrarlo. Tal vez se había puesto a salvo a mi espalda.

—Déjame —mascullé, tratando de no parecer asustado. Pero lo estaba, y mucho.

—Hombre, espera un momento —dijo Leo, y yo me volví—. Primero me vas a decir por qué te comiste a la mascota de mi hermana.

Llamó «mascota» al escarabajo. De no haber tenido tanto miedo, me hubiera reído. En el fondo, Leo eran aún lo bastante niño como para creer que aquel bicho hubiera podido sobrevivir en una lata de galletas y, al mismo tiempo, lo bastante mayor como para prepararme una encerrona. No se parecía mucho al típico matón de las películas, sobre todo por su camisa bien planchada y sus pantalones caros. Sin embargo, se le veía alto y fuerte para su edad. Yo, en cambio, era todo piel y huesos.

—Te he hecho una pregunta, comebichos.

«Comebichos», así me llamó. Mientras pensaba una respuesta apropiada al insulto, el gimnasio siguió llenándose de alumnos. Entraban, cerraban la puerta, nos esquivaban con gesto sorprendido y se dirigían a las espalderas para mirarnos en silencio. Por molestos que estuviesen conmigo, el verlos allí me infundió valor. Aunque mis brazos flacos y paliduchos no pudieran compararse con los de Leo, al menos no estaba solo. O eso creía.

—Vete a la mierda —dije al fin, después de sopesar mis opciones. Supongo que trataba de impresionarlos con aquella palabra expresamente prohibida por los profesores.

No debí de lograrlo, porque el eco de sus carcajadas se elevó hasta el techo.

—Tú sí que te vas a ir a la mierda —gruñó uno de los chicos, sujetándome por los hombros para inmovilizarme.

Leo avanzó hacia mí y alzó su puño. Me incliné instintivamente, pensando que iba a golpearme con él. Lo que hizo, sin embargo, fue abrirlo frente a mi nariz. Dentro traía un puñado de hormigas, muchas chafadas y moribundas. Arrugadas como bolitas de papel de seda negro. Debía de haberlas cogido del patio. Las pocas que seguían vivas correteaban a ciegas entre la palma y el dorso de su mano, con tan pocas posibilidades de huir como yo.

—Son por si te quedaste con hambre —sonrió el chico, extendiendo los dedos hacia mí.

Un cuchicheo recorrió las espalderas, el potro, las colchonetas mal amontonadas en el suelo. Pero era un rumor sordo del que no sobresalía ninguna voz. Ni siquiera la de Gus, al que por fin había localizado en un rincón. Incluso él observaba la escena como si en realidad no estuviera allí, como si estuviera sucediendo a muchos kilómetros de distancia o fuera solo un interesante programa de televisión.

—Venga, cómetelas y estamos en paz.

Leo acercó un poco más la mano, por cuyo dedo meñique renqueaba una hormiga desenfocada. La vi acercarse hasta que casi me tocó la boca.

Si alguien hubiera hecho algo, si alguien hubiera pronunciado una sola palabra o intentado avisar a un profesor, quizá todo habría sido distinto. Quizá Leo se habría puesto nervioso y habría alejado la mano de mi cara.

Pero no lo hizo, y entonces yo le pegué un tímido manotazo en la muñeca. El primer golpe de mi vida, pero no el último.

Uno de los bichos fue a caer en sus labios cortados, y el resto se desparramaron como una lluvia invisible sobre los demás. Todos se sacudieron el pelo y la cara, asqueados.

—Te vas a cagar —se enfureció Leo, volviendo a cerrar el puño. Y esta vez sí era para pegarme.

Apreté el estómago. Si de verdad nadie iba a ayudarme, prefería que aquello acabase cuanto antes. Seguro que Leo consideraría vengada a su hermana con un buen puñetazo, justo en el punto al que había ido a parar el escarabajo. Por desgracia, en aquel momento la puerta del gimnasio volvió a abrirse.

—¿Y vosotros qué hacéis aquí?

Era el profesor, escoltado por un grupito de chicas. Entre ellas estaba Martina. Por el modo en que miró a su hermano, juraría que incluso ella se había sorprendido de verlo allí.

—Nada —replicó Leo, y el eco de la sala y de sus amigos redobló la respuesta.

No sé si el profesor sospechó algo. Si fue así, prefirió hacerse el tonto.

—Entonces salid y volved a vuestra clase. Las charlas, para el recreo.

Antes de que me diera cuenta, todos se habían escurrido otra vez escaleras arriba. No obstante, mientras el profesor extendía sus papeles sobre el potro, Leo aún se atrevió a asomarse por la puerta una última vez. Esta vez no se dirigió a mí, sino a los alumnos que se aproximaban para curiosear sobre lo ocurrido. Imagino que necesitaba culminar de algún modo su venganza y lo hizo con algo peor que un puñetazo.

—Eh, vosotros —dijo, señalándolos con el dedo—. Como alguno se chive o yo me entere de que vuelve a juntarse con este, le va a pasar lo mismo.

Y «este» era yo.

Martina aún me miraba de reojo mientras todos se alejaban lentamente de mí.

CAPÍTULO 5

Eran las cinco y media y aún no había acudido nadie a casa. Amanda se había empeñado en sentar a sus peluches a la mesa del salón en un deprimente intento de hacerla parecer menos vacía. En el centro, sobre un mantel de papel, la cobertura de la tarta empezaba a agrietarse. En realidad, era un bizcocho cubierto de chocolate que mi madre había cocinado. Trabajaba en un restaurante, y decía que los dulces de las tiendas estaban llenos de azúcares y otras sustancias perjudiciales.

Desde luego, no podían ser peores que una fiesta de cumpleaños desierta.

—Es rarísimo —comentó mamá, consultando la hora en su teléfono—. ¿Tú sabes algo, Jacob?

—No —mentí, con la mirada fija en las velas apagadas.

Eran un uno y un cero rojos y brillantes. El cero se había usado en algún cumpleaños anterior y se veía ligeramente achatado. Aunque representaban mi nueva edad, todo lo que yo veía era un marcador deportivo: MARTINA 1 - JACOB 0.

Por otro lado, diez años me parecían demasiado pocos para lo viejo que me sentí en aquel momento. Era como si hubiera dejado de ser niño de un día para otro. Me había asomado a una ventana de mi infancia por donde no se veían nubes en forma de dinosaurio, sino una niebla tupida y gris. Una niebla, intuía yo, que ocultaba cosas secretas y terribles.

—¿Puedo ponerme Fanta? —se impacientó mi hermana.

Por una vez, mamá no trató a Amanda como la cría mimada que era.

—Espera un poco, hija —le ordenó secamente—. Jacob, ¿estás seguro de que repartiste las invitaciones?

No solo lo había hecho, sino que me había esmerado mucho dibujando algo especial en aquellas insulsas tarjetas de cartulina. Algo que tuviera que ver con cada invitado. Caballos, futbolistas, patinadores, coches de carreras… Por un momento, hasta pensé en replicar el retrato de Martina en su tarjeta. Ahora me alegraba de no haberlo hecho.

—No sé… —mentí otra vez, aprovechando la oportunidad—. A lo mejor se me olvidó.

Mamá me miró arqueando las cejas, pero no dijo nada. Luego dijo que esperaríamos todavía un poco más y se metió en el cuarto el baño. Mientras Amanda pasaba un dedo con disimulo sobre el pastel, yo empecé a escuchar un furioso tintineo procedente del aseo. Mi madre se había encerrado a intercambiar mensajes con alguien.

El ritmo de los pitidos era demasiado vertiginoso como para que estuviera hablando con papá, que aún debía de estar en el trabajo. De modo que solo cabía una explicación: mi madre estaba consultando en el grupo de padres de clase. Eso significaba que en menos de un minuto se habría enterado de todo.

—¿Qué te pasa, Jacob? —preguntó Amanda, lamiéndose el dedo manchado de chocolate.

Yo me limpié los ojos húmedos de rabia y corrí a mi habitación. Sabiendo que mi hermana me seguiría, me volví y cerré la puerta de un furioso patadón. Aquella puerta era como un mapa de mi infancia. Allí estaban las líneas de lapicero, cada vez más altas, con las que mis padres habían vigilado mi crecimiento. Las huellas ásperas y desvaídas de pegatinas de superhéroes. Los pinchazos de las chinchetas con las que clavaba, curso a curso, el horario escolar. Las marcas de percheros que se quedaron pequeños, de balonazos que me costaron castigos, de mis primeros garabatos de dragones y explosiones. Durante años aquel trozo de madera lacado en blanco me había servido de pizarra, de tablón de anuncios, de escaparate y de portería de fútbol.

Lo que no podía sospechar es que también se iba a convertir en mi saco de boxeo. Fue precisamente aquella tarde cuando descargué el primer golpe.

—¡Bang! —protestó la madera al sentir el impacto de mi zapatilla sucia.

La vibración fue tan fuerte que hizo temblar las ventanas y los muñecos de mi estantería. Pero, sobre todo, creo que hizo temblar el corazón de mi madre. Lo supe por el modo en que sus nudillos llenos de inquietud llamaron a mi puerta un instante después.

—Jacob, hijo, ¿puedo pasar?

Sin esperar respuesta, mamá giró el pomo y entró. Amanda venía pegada a su espalda.

—Jacob… —repitió, sentándose a mi lado en la cama.

Todavía llevaba en la mano su teléfono, que seguía zumbando a intervalos irregulares.

—Ay, hijo —suspiró al fin—. ¿Por qué no me has dicho nada?

Entonces sí que se me aflojaron las lágrimas, que rodaron lentamente por mis mejillas. A pesar de la tristeza, el llanto me refrescó un poco la cara roja y sofocada. Ahora que todo había salido a la luz, al menos podía dejar de disimular.

—No sé —respondí, enterrando la cabeza en su hombro.

El olor familiar de su suéter volvió a transformarme de repente. Ya no me sentía viejo, sino pequeño e ingenuo como Amanda. Lo único que quería es que mamá me abrazase y lo arreglase todo por mí. Que me protegiese de Leo y sus amigos. Que me dijese qué debía hacer. Celosa, mi hermana se sentó a nuestro lado.

—Tú no te preocupes —me consoló mi madre, tomando la mano de Amanda pero mirándome a mí—. Les he dicho que has cometido un error y ya está. Seguro que a tus compañeros se les pasa enseguida la rabieta.

—¿Y el hermano de Martina? —sollocé.

—¿Qué le pasa al hermano de Martina? —replicó ella, confundida.

Entonces se me cortó el llanto de golpe. No porque me sintiera más tranquilo, sino por todo lo contrario. En efecto, mamá se había enterado con pelos y señales del episodio del escarabajo. De hecho, todos mis amigos lo habían usado como excusa para no acudir a la fiesta. En cambio, ninguno había mencionado una sola palabra sobre la encerrona del gimnasio. Ni una.

—Nada —mentí por tercera vez—. Es que el escarabajo era suyo.

—Pues ya se desenfadará también, hijo. Total, por un escarabajo. A ti no te duele nada, ¿verdad?

—No —respondí, y esta vez era cierto. Al menos nada que pudiera curarse con jarabe o una tirita.

Fue así como las amenazas del matón quedaron enterradas en el sótano del colegio, bajo el silencio de todos. Incluso el mío. Sobre todo, el mío.

—Oye —musitó entonces mi madre, interpretando erróneamente que me había calmado—. Mejor no le decimos nada de todo esto a papá, ¿vale? Ya sabes cómo suele ponerse con estas cosas.

Asentí, secándome las lágrimas. A mi padre no le gustaba que llorase. Era otra de esas cosas que le parecían de blandengue. Algo que nunca hacían los superhéroes de nuestras películas compartidas.

—Ahora merendamos los tres juntos, abrimos la piñata y luego… —siguió mamá.

En aquel momento sonó el timbre. Sabía que no podía ser papá, que nunca regresaba hasta la hora de la cena. Me temblaban un poco las piernas cuando seguí a Amanda, que galopaba ya hacia el vestíbulo para abrir la puerta.

—¡Es Gus! —gritó, como si yo no estuviese junto a ella.

Me animé un poco al ver que mi amigo traía un regalo entre las manos. Al menos él no me había fallado. Estaba tan colorado que pensé que había subido desde su piso por las escaleras.

—Toma —murmuró, alargándome el paquete, pero sin

hacer el gesto de mirarme a los ojos—. Al final no voy a poder quedarme.

Luego se dio la vuelta y se perdió escaleras abajo. El eco de sus pasos fue apagándose hasta que al fin sonó un portazo y el rellano quedó de nuevo en silencio.

CAPÍTULO 6

Por más que lo intento, no logro recordar qué contenía el regalo de Gus. En mi memoria, el paquete sigue allí, entre sus manos rollizas, envuelto en brillante papel dorado.

Para ser sincero, tampoco recuerdo qué otras cosas me regalaron. Supongo que no les presté mucha atención. Aquel fin de semana estuve demasiado ocupado pensando en lo que me esperaba al volver al colegio. Temía que Leo y sus amigos me tuvieran preparada otra emboscada.

Al lunes siguiente, llegué solo y asustado a la puerta de clase. Nada más cruzarla, respiré como si llevase dos días aguantando el aliento. Nuestra tutora ya estaba sentada en su mesa, esperándonos.

No podía imaginar que sería ella la que, sin quererlo, me metería en nuevos problemas.

—Buenos días —dijo cuando todos nos hubimos sentado—. Antes de nada, me gustaría pedir disculpas a alguien.

Yo, que había alcanzado mi pupitre como un náufrago una isla desierta, volví a quedarme sin respiración al verla acercarse a mi mesa.

—Se me olvidó que el viernes era tu cumpleaños, Jacob —murmuró ella, y luego me dirigió una sonrisa llena de compasión—. Felicidades.

No estoy seguro de si fue mamá quien se lo contó. El caso es que lo sabía. Y, también, que nadie había venido a celebrarlo conmigo.

—Es normal que a veces os peleéis unos con otros —suspiró la maestra, como siempre que la decepcionábamos—. Pero eso no es excusa para dejar de acudir a la fiesta de un compañero, ¿verdad? Seguro que ya estáis todos un poco arrepentidos. Se me ocurre que un buen modo de disculparnos sería empezar la semana cantándole el cumpleaños feliz a Jacob, ¿os parece?

Estoy tan seguro de que lo hizo con buena intención como de que no fue una buena idea. Su plan de incluirse a sí misma en la disculpa era astuto y nadie pudo oponerse. Sin embargo, la maestra no contaba con que tras aquellos ojos infantiles discurrían ya secretos, rencores, temores y alianzas. Todo un universo pequeño, pero tan enrevesado como los túneles de un hormiguero. Un mundo subterráneo en el que, a espaldas de los adultos, había comenzado una batalla. En las voces agudas de mis compañeros, el cumpleaños feliz sonó como un himno de guerra.

Su enfado, igual que mi miedo, llevaba todo el fin de semana cocinándose.

Resulta que no todo habían sido buenas palabras en el grupo de padres. Mamá había mencionado algo sobre lo desproporcionado y cruel que era dejarme tirado por una simple pelea de niños. Aquello había levantado comentarios airados entre los padres, que no tardaron en llegar a oídos de sus hijos.

«Lo que ha hecho ese crío es antihigiénico». «Es normal que los otros le hayan cogido miedo». «Ahora resulta que son los nuestros los que tienen que disculparse».

Aquella mañana, la bronca de la profesora sirvió de excusa para empezar a culparme de todo a mí. Para convencer a mis compañeros de que, al fin y al cabo, quizá me merecía lo que me había pasado. Para pensar que el monstruo era yo, y no el hermano de Martina.

Aunque Leo había sido el primero en llamarme «Comebichos», fue uno de mis compañeros el que se atrevió a repetirlo en uno de los recreos.

—¡El Comebichos no juega! —escuché, mientras corría hacia la cancha de baloncesto. Fingiendo no haberlo oído, crucé el campo hasta el otro extremo y me refugié en el porche trasero.

A partir de aquel día, el inmenso patio de mi colegio empezó a encoger. Supongo que cualquier sitio se vuelve pequeño cuando lo único que buscas es un rincón donde estar solo. Como un escarabajo intentando no ser visto en una caja de galletas.

Ya no me escondía solo de Leo y sus amigos, a los que vigilaba constantemente desde lejos. También del traidor de Gus, que en vez de disculparse aprovechó nuestro distanciamiento para revolotear alrededor de Martina y de los chicos más populares. De mi tutora, que insistía en empujarme amablemente hacia los demás cuando me pescaba solo en alguna esquina, dibujando con un dedo en la arena.

Pero, sobre todo, huía de mis propios compañeros, que fingían acogerme en sus juegos, aunque solo hasta que la maestra desaparecía. Entonces no tardaba en surgir el maldito mote. «El Comebichos no». «Jacob no». «Tú no».

Curiosamente, alejarme de ellos no hizo que se olvidaran de mí. Más bien todo lo contrario. Les infundió nuevo valor para seguir hostigándome. Tanto fue así que alguno se atrevió a transformar ligeramente mi apodo. De pronto ya no era «Comebichos», sino «Comecaca».

Hacia mediados de otoño, «Comecaca» se había convertido en «Comemierda».

Acabaron redondeando el mote y lo dejaron en «Mierda» a secas.

—¡Ahí está el Mierda!

Solían gritármelo en mitad de las escaleras o a la salida del centro, entre tanta gente que no podía distinguir al culpable. Otras veces me lo disparaban a traición al pasar corriendo por detrás de mí. A la mayoría de ellos, sin embargo, no les hizo falta decir nada para hacerme ver que sobraba. Les bastaba con no pasarme nunca el balón, con dejarme el último a la hora de escoger equipos o, simplemente, con ignorarme. El silencio también puede ser mágico y, a veces, se oye más que las palabras.

Lo más curioso es que Leo apenas volvió a molestarme, salvo para sonreír de medio lado cuando me lo cruzaba en algún pasillo. Simplemente, parecía haber perdido su interés en mí, igual que se deja de pensar en un insecto tras apartarlo de un manotazo. Y así me sentía, cada vez más apartado. Más aislado y débil. Más blandengue, como decía mi padre.

Igual que mamá le había ocultado lo ocurrido a él, yo empecé a ocultárselo a ella. Reconocer lo que me estaban haciendo solo lo volvía todo aún peor.

—¿Te pasa algo, hijo?

—Nada —contestaba yo, con aquella palabra que cada vez repetía más a menudo.

A cambio, comencé a desatar mi rabia contra mi puerta, cubriéndola de nuevas patadas y puñetazos cuando nadie podía oír los golpes. Las señales que dejaban eran como las marcas en un calendario. Un calendario que iba avanzando con desesperante lentitud hacia el último día de colegio antes de Navidad. A la última hora. Al último minuto de clase.

No sé ni cómo llegué hasta allí. Quizá gracias a la vaga esperanza de que, a la vuelta de vacaciones, todo volvería a ser como antes.

Eso es lo malo, que siempre queda esperanza. Cuando la que creemos la última desaparece, otra ocupa su lugar.

—Aprovechad para leer un poco —nos recordó nuestra tutora, de buen humor—, pero también para descansar. Y, si os da tiempo, echadme un poco de menos. Yo también voy a intentar echaros de menos a vosot…

Como Gus ya no compartía conmigo la cuenta atrás de su reloj, el ruido del timbre me sobresaltó tanto como a la profesora. Nada más oírlo, salté de mi silla para salir corriendo, pero una multitudinaria carcajada me lo impidió.

Y esta vez no fue sorda, sino abierta y escandalosa.

—¡Se ha cagado encima! —chilló una voz entre el barullo—. ¡El Mierda se ha cagado a sí mismo!

Confundido, bajé la vista hacia mi silla. Alguien había colocado el cartucho de un rotulador marrón sobre el asiento.

Aunque la cápsula era diminuta, la tinta había formado un inmenso pegote en mi chándal gris. No tardé en sentir su humedad viscosa extendiéndose hacia la ropa interior. Las manos también se me mancharon al tratar de cubrirme el trasero.

—¿Quién ha sido? —dijo mi tutora, cuya voz melosa se crispó en un grito casi desgarrador—. ¡No va a salir nadie hasta que me digáis quién ha sido!

Por desgracia, el toque del timbre era sagrado, y más aún si anunciaba vacaciones, así que muchos escapaban ya pasillo adelante. Otros recogían sus mochilas mientras me miraban el trasero con una mezcla de lástima y asco. La propia Martina se llevaba la mano a la boca en una mueca congelada de espanto.

—¡¿Quién ha puesto esto aquí?! —insistió la profesora. Le temblaba la mano cuando retiró el cartucho de mi silla con los dedos manchados.

Nadie delató al culpable.

Cuando al fin nos quedamos solos, la tutora me llevó en silencio hasta un despacho y me limpió las manos con toallitas húmedas. Tenía pinta de sentirse tan derrotada como yo. Como si también ella hubiese perdido algún tipo de guerra. Esa que se libraba cada vez que nos daba la espalda y en la que no le habíamos dejado participar.

Luego, sin preguntarme nada, consultó su archivador para buscar mi ficha y avisar a mi familia de que vinieran a buscarme.

La profesora marcó en su teléfono el primer número que encontró.

El de mi padre.

CAPÍTULO 7

Recuerdo las manazas de papá estrujando el volante. Eran anchas, morenas, velludas. Juraría que ásperas, aunque no puedo asegurarlo porque él no era de los que abrazaban o hacían caricias. Con ellas había arrebujado las prendas manchadas de tinta y las había lanzado al fondo del maletero, como si le diera vergüenza verlas. Pero antes había sacado de su bolsa del gimnasio una toalla desteñida y me la había arrojado para que me cubriera.

—¡Sube! —me ordenó después.

Había salido del trabajo para venir a recogerme con su coche, un Toyota granate e impecable. La lata de ambientador del salpicadero no lograba ocultar del todo un olor amargo que emanaba de la tapicería. Amanda había vomitado el día anterior sobre el asiento.

Yo viajaba atrás con las piernas envueltas y la boca cerrada. Volvía a sentirme como un niño pequeño. Pequeño y humillado, arropado en una toalla como si aún llevase pañales. Por suerte, mi hermana seguía indispuesta y no había asistido al último día de clase. Al menos así me ahorraría un montón de preguntas incómodas.

—Me cagüen todo —resoplaba machaconamente mi padre—. Me cagüen todo.

Aunque la profesora hubiese dejado la puerta del despacho entreabierta, yo no había alcanzado a oír una palabra de su conversación. Solo sabía que mi padre acababa de enterarse de golpe de todo lo ocurrido en las últimas semanas. Al menos, de lo que la profesora sabía o había llegado a entrever bajo mi obcecado silencio.

—¿Hace cuánto que te están haciendo esto? —gruñó, con la vista clavada en un semáforo en rojo. La tonalidad de su cara no se diferenciaba mucho de la del disco.

—¿El qué? —musité.

—Eso, joder, que te toreen —gruñó él—. Que se metan contigo en el colegio.

—No sé… Desde mi cumpleaños o así.

—¡¿Y tú por qué te dejas?! —estalló mi padre.

Apreté tanto los labios que los vi ponerse blancos en el reflejo del retrovisor.

—¿Es que no te he enseñado a defenderte? —insistió él—. ¿No sabes plantarles cara o es que te gusta ser el tonto de la clase?

—No.

—¿No qué? ¡Di algo, leche!

—¡Que no me gusta ser el tonto de la clase! —exclamé.

Decirlo era casi como confesar que de verdad lo era. Por primera vez, sentí algo que ni siquiera frente a mis compañeros había sentido: que yo era realmente el culpable de lo que estaba sucediendo. Que los que me habían puesto mi mote llevaban razón. Que era un mierda.

—¿Tú sabes lo que le hacían al tonto de mi clase? —preguntó mi padre, machacando el acelerador—. ¿Quieres que te lo diga?

—Nos hemos pasado —murmuré, al ver que dejábamos atrás nuestro portal.

En vez de retroceder, mi padre pegó un volantazo y regresó a la avenida principal.

—¿Quieres que te lo diga o no? —insistió, y supe que iba a contármelo de todas formas.

Jamás había oído a mi padre hablar tanto de una sola vez. No pude evitar sonrojarme mientras él, entre el tráfico, relataba la historia de aquel compañero suyo.

Era un relato cruel de bromas feroces, de escupitajos por la espalda, de bajadas de pantalones y palizas a la salida de un instituto cualquiera. Quizá uno parecido a los que veía de vez en cuando por la ventanilla. Y es que, aunque fuera una historia antigua, en boca de papá sonaba como si acabara de suceder. Más aún, como si estuviera sucediendo en aquel instante: todos los días, en todas partes, a un montón de niños distintos. Niños flojos y blandengues como yo que no sabían defenderse, que ni siquiera tenían nombre, como el muchacho del relato. Papá desgranaba sus recuerdos a base de frenazos y golpes de volante, y su voz retumbaba en el pequeño espacio del automóvil.

No sé si fue eso o la propia historia lo que me mareó. El caso es que, cuando papá volvió al fin a nuestra calle y aparcó frente al portal, fui incapaz de reprimir una arcada.

—Ahora no vayas a vomitarme el coche tú también —resopló él.

Tragué saliva para hacer retroceder el amargo regusto a bilis que me subía por la garganta. Más tranquilo, papá me empujó con suavidad hacia el portal. Conducir y pegar alaridos eran sus modos favoritos de calmarse el ánimo.

—Te lo digo solo para que espabiles, Jacob —suspiró al entrar en el ascensor—. Para que no te pase lo mismo que a aquel chaval. Ya tienes edad de portarte como un hombre. ¿Tú qué quieres ser, un lobo o un cordero?

Así es como dividía el mundo mi padre. En fuertes y débiles. En cobardes y valientes. En lobos y corderos.

—Un lobo —repuse.

—Entonces cuando se metan contigo no hagas chorradas y devuélvesela con los puños.

Avergonzado frente al espejo de la cabina, observé con disimulo su imponente reflejo: la alfombra de vello que le subía por la nuca, las crecientes manchas de sudor en las axilas, el ancho torso que se estremecía al ritmo de su respiración acelerada, como el de una fiera.

«Para él es fácil decirlo», pensé, admirando su figura de brutal superhéroe, como si fuera una especie de Hulk de extrarradio.

Mientras pulsaba el botón del último piso, las puertas del ascensor volvieron a abrirse. Me cubrí instintivamente las piernas con la mochila, pensando en la vergüenza de que alguno de mis vecinos me viera con aquel aspecto.

Me sentí aún más abochornado al reconocer a Gus.

CAPÍTULO 8

Llevábamos mucho tiempo sin recorrer juntos el camino del colegio. De hecho, llevábamos mucho tiempo sin hacer nada juntos, salvo quizá cambiar dos o tres frases sobre los deberes. Y eso porque seguíamos siendo compañeros de pupitre.

Lo que no estaba tan claro es que fuéramos ya amigos.

—Hola —nos saludó, pero sin decidirse a entrar.

—Hombre, Gus —dijo mi padre con voz fatigada—. Pasa.

Papá me arrinconó aún más para hacerle sitio. No me importó mucho, porque así su corpachón me ocultaba casi por completo a los ojos de Gus. Solamente cuando el ascensor comenzó a subir me atreví a echarle un vistazo rápido a través del espejo.

Le sentaban bien la traición y la popularidad. Había adelgazado un poco y tenía mucho mejor color que yo. Llevaba la sudadera arrugada por el peso de la mochila y el trasero manchado de verdín. Imaginé que, mientras yo me encogía en el asiento trasero del coche, él se habría sentado en el césped, libre, celebrando el final de las clases con otros compañeros.

Quizá con la propia Martina, pero eso preferí no imaginármelo.

Gus levantó el dedo hacia el panel para pulsar el botón del séptimo piso.

Fue allí, sobre el número siete, donde descubrí una tenue marca parduzca. Casi como la huella dactilar de un criminal. Mi sospecha aún no había tomado forma cuando bajé la vista hacia la mano de Gus. Tenía manchas de tinta en el índice y el pulgar.

Eran del mismo tono marrón que la de mi chándal.

Me negué a creer lo evidente hasta que mis ojos se encontraron con los suyos en el espejo. También allí quedaba un rastro de algo, aunque solo yo pudiera verlo. Él reconoció con la misma facilidad lo que revelaban los míos. Solo así podía explicarse la prisa con la que ocultó la mano en el bolsillo. Bajo su nariz relucía un bigote de gotas de sudor.

«¿Tú qué quieres ser, un lobo o un cordero?».

La pregunta volvió a cruzar mi cabeza mientras el ascensor se elevaba.

Encerrado en aquel diminuto cubículo, Gus no tendría escapatoria. Sería fácil darme la vuelta, cogerlo del cuello, empujarlo contra la pared. Pegarle un puñetazo en la cara o en mitad de su fofa barriga. Machacarlo a patadas, igual que hacía cada tarde con mi puerta. Insultarlo. Gritarle «gordo, foca, seboso, vaca», como lo llamaban aquellos de quienes yo lo defendía. Humillarlo, hacerle chillar mientras la caja del ascensor temblaba en el aire, mientras papá trataba inútilmente de separarnos.

Así le demostraría que sabía portarme como un hombre.

Por supuesto, nada de todo aquello sucedió en realidad. Me

limité a esperar en silencio, mirándome nerviosamente en el espejo según nos acercábamos al séptimo piso, esperando encontrar en alguna parte esa rabia que había prendido tan fácilmente en mí el día del escarabajo. Quizá siguiera ahí, en el fondo del estómago, pero ya solo para ir consumiéndome. Ardía dentro de un caparazón de miedo y de vergüenza, y producía frío en vez de calor.

—Hasta luego —se despidió Gus, saliendo a toda prisa del ascensor. Su «hasta luego» fue para mí un «adiós».

—Felices fiestas, Gus —replicó distraídamente papá.

Seguía pensando en mi oportunidad perdida de vengarme cuando, unos pisos más arriba, mamá y Amanda saltaron al oír el ruido de la cerradura.

—¿De dónde vienes tan tarde, Jacob? —Mi madre se quedó plantada al ver a papá a mi lado—. ¿Y tú, qué haces aquí?

—Eso, ¿tú qué haces aquí? —repitió la vocecilla congestionada de Amanda, lanzándose a sus brazos. Luego me miró con regocijo—. ¡¿Por qué Jacob lleva falda?!

En vez de contestar, papá apartó a mi hermana y atravesó de tres zancadas el vestíbulo.

—Vosotros, a comer —nos ordenó, empujando a mamá hacia el pasillo.

—¿Pero qué pasa? —insistió mi madre, al verse forzada a retroceder—. ¿Y los pantalones del niño?

Los vi desaparecer a los dos dentro del dormitorio, que mi padre selló de un estrepitoso portazo. También aquella puerta, idéntica a la de mi cuarto, tenía sus propias señales: a fuerza de portazos, se había salido ligeramente del quicio. Un vozarrón se escapó a través de las rendijas.

49

«¡¿Se puede saber por qué no me has dicho lo del crío!?».

—¿Por qué grita, Jacob? —lloriqueó Amanda—. ¡¡¡Papá!!!

Mi hermana intentó alcanzar el pomo, pero yo se lo impedí agarrándole la muñeca. Aunque mis manos no podían compararse con las de mi padre, traté de imprimirles la misma determinación. Aquella que no había sido capaz de mostrar con Gus. Luego la arrastré hasta la cocina sin más explicaciones.

Aquel día, comimos los dos solos, como dos niños perdidos. Después de cambiarme de ropa, calenté un cuenco de arroz blanco y un poco de tortilla en el microondas y lo planté frente a mi hermana.

—¿Por qué se pelean? —insistió ella, desmigando la costra seca y amarillenta con el tenedor.

En vez de contestar, saqué un cuaderno cualquiera de la mochila y lo planté sobre la mesa. Luego escogí un rotulador y lo hice correr con firmeza sobre una de las últimas páginas, que reservaba para hacer garabatos. Más que manejarlo yo, parecía él quien me guiaba a mí. Como si estuviese uniendo unos puntos que de algún modo ya estaban sobre la hoja rayada.

Fue mi rabia, ciega e inútil, la que dibujó aquella figura monstruosa que iba surgiendo en mitad de la página. Al mismo tiempo, las voces del dormitorio fueron perdiendo intensidad. Más tranquila, Amanda posó un dedo grasiento sobre el papel.

—Da miedo —declaró con entusiasmo—. ¿Es un hombre o un animal, Jacob?

No contesté, pero en un arranque de inspiración añadí a la silueta dos orejas afiladas.

Fue así como nació Lobo.

CAPÍTULO 9

Durante los años siguientes, Lobo y yo crecimos a la vez, pero no del mismo modo.

Lobo se fue haciendo fuerte en los márgenes de mis cuadernos y en las esquinas perdidas de los libros de texto. Mis trazos infantiles se volvieron más ágiles, más seguros, hasta convertir a mi personaje en una afilada maraña de sombras. Aquellos bocetos rápidos que cada vez interrumpían con más frecuencia mis deberes iban dejando arañazos de tinta por todos lados.

Lobo, enseñando los dientes entre el jueves y el viernes del horario escolar.

Lobo, atravesando la llanura de plástico de mi estuche barato.

Lobo, agazapado entre la lista de verbos irregulares.

Yo, mientras tanto, crecí a tirones. Cada mañana me miraba largo rato en el espejo del baño, tratando de reconocerme en su reflejo. Una criatura flacucha y hecha a pedazos como el monstruo de Frankenstein, a caballo entre lo que aún me quedaba de niño y los primeros rasgos de la adolescencia. Estos iban conquistando mi cuerpo en pequeñas avanzadillas.

Las cejas desbocándose sobre los ojos. La mandíbula, aún redondeada e infantil. Las manos grandes y blancas, de nudillos despellejados. Una nebulosa de vello bajo la nariz. Las orejas, algo más puntiagudas y ligeramente despegadas de la cabeza.

También mi cuerpo se afiló lentamente hasta volverse todo hombros, codos y rodillas. En vez de ensancharme como mi padre, me iba estirando como un espantapájaros. Y todo, precisamente, cuando lo único que deseaba era volverme pequeño, diminuto, invisible. Desaparecer.

Y es que, justo al contrario de lo que pensaba, las cosas no hicieron más que empeorar después de aquellas Navidades. Y aún fueron a peor con cada curso, con cada nuevo día de clase. Martina y su hermano terminaron abandonando el centro un año después, pero a cambio surgieron nuevos enemigos a los que temer, nuevos motes, nuevas bromas pesadas de las que me defendía cada vez con menos fuerza.

Claro que también hubo días buenos, algunos amigos, momentos en los que hubiera jurado que todo iba a mejorar. Pero supongo que no fueron tantos si apenas soy capaz de recordarlos.

En el fondo, sabía que todo aquello no era por mi cuerpo desgarbado ni por las orejas de soplillo, ni por nada que pudiera verse en un espejo.

«Es algo que llevo dentro», me decía, asomándome al reflejo de mis ojos, cada día más huraños. «Algo malo». Después me echaba a los hombros mi mochila y ponía rumbo a clase.

El miedo y la tristeza pesaban en ella mucho más que los libros o los cuadernos.

Al empezar la secundaria me mudé definitivamente a la última fila, donde mi pupitre se convirtió en una especie de isla. Una isla tatuada con sucias filigranas de lapicero. Eran dibujos que garabateaba en vez de atender en clase. Me amonestaron por no cuidar del material escolar, por no prestar atención, por mi pésimo rendimiento en los estudios. Mis notas, que nunca habían sido gran cosa, cayeron en picado. Me esforzaba por no levantar la vista hacia la pizarra ni responder a las preguntas de mis nuevos profesores. Estos, al contrario que mi afectuosa tutora de primaria, no tardaron en darme por perdido. No me habían conocido de otra forma.

El cuello se me inclinó, la barbilla se me fue acercando al pecho. Caminaba a grandes zancadas para hacer más breve el recorrido de la clase al patio, del patio al baño, del baño al pupitre y vuelta a empezar. Hablaba lo menos posible, con roncos monosílabos que casi parecían gruñidos. Miraba de reojo para comprobar si alguien me señalaba o cuchicheaba entre los pupitres. Me sentía como un animal salvaje y huidizo, pero domesticado a fuerza de golpes.

El Mierda. Marginado. Orejotas. El Retrasado de Atrás. Anormal.

Ya no sabía si se metían conmigo por ser como era o si era así porque se metían conmigo.

De vuelta en casa, golpeaba mi puerta cada vez más fuerte. A veces también me fingía enfermo para ganarme una mañana de tranquilidad, unas horas en las que recuperar el aliento. Incluso, por absurdo que suene, empecé a rezar. No sé muy bien a qué o a quién, pero cada noche, cuando todos nos reuníamos a cenar frente al televisor, yo repetía para mis adentros, con los ojos perdidos en la pantalla: «Por favor, que no se metan conmigo», «Por favor, que no tenga que ir mañana al colegio», «Por favor, que todo esto acabe pronto».

Eran exactamente las mismas palabras que no era capaz de repetir frente a mis padres.

—¿De verdad que no te pasa nada, hijo?

—No, nada.

La palabra «nada» ya no era pequeña y ligera como un pañuelo, sino ancha y tupida como una manta. La iba tejiendo día a día con gestos de apatía, con hoscos silencios, con respuestas secas pero tranquilizadoras. Todo para ocultar a mi familia lo que estaba pasando.

—Es la adolescencia, que lo tiene de mala leche —decía papá—. Deja de tratarlo como a un crío.

Ojalá me hubieran tratado como a un crío.

Por otro lado, también ellos tenían sus propios problemas. Los gritos atronaban cada vez más a menudo tras la puerta de su dormitorio. Al principio, Amanda solía refugiarse en mi cuarto cuando estallaba la tormenta. Luego, a medida que crecíamos, fuimos distanciándonos hasta que al final también mi puerta se cerró para ella, y la suya para mí.

Así las cosas, lo único que me quedaba era Lobo. Mi pequeño dios de tinta. El primer y único amigo imaginario de mi vida.

Después de comer, me encerraba en mi cuarto y, de espaldas al espejo, abría mi cuaderno. Era el mismo del que había surgido aquella bestia. Allí, entre sus páginas, lo invocaba cada tarde con trazos cada vez más furiosos. Mi rabia, contenida durante todo el día, se desataba entonces sobre las hojas en blanco.

Luego, con un rotulador rojo, salpicaba cada dibujo de detalles escalofriantes.

Aquellas escenas sueltas se fueron convirtiendo en una especie de viñetas. Un cómic fragmentado cuyas partes había que rastrear entre decenas de páginas. De entre los colmillos de Lobo surgían grandes bocadillos en los que era mi rencor el que hablaba:

«Ahora aprenderéis», decía a las chicas que se habían reído de mí al salir del baño.

«Nadie se mete con Lobo», rugía, abalanzándose sobre el profesor que me había puesto en evidencia.

«Mi misión aquí ha terminado», aullaba, después de devorar a Gus y escapar de un salto por la ventana abierta. «Ya no me necesitan».

Una noche de principios de verano, también yo me asomé a la ventana abierta de mi dormitorio. Era viernes, y mi miedo se disolvía en un espeso charco de tristeza. Dejé vagar mis ojos por la oscuridad. Desde la altura de nuestro décimo piso, apenas alcanzaba a distinguir los adoquines de la acera tenuemente iluminados por alguna farola.

«Tu misión aquí ha terminado», oí decir a Lobo. «Ya no te necesitan».

Asustado por el impulso de obedecer su voz, me apresuré a cerrar el cristal de un manotazo.

Recuerdo que fue al día siguiente cuando mi madre me pidió que me sentase con ella en el sofá. Llevaba una muñequera en el brazo. La vi cuando me apoyó una mano pequeña y fría en la rodilla.

Mis padres se separaban.

Amanda lloró cuando, un poco después, también ella recibió la noticia. Yo no pude. Ni siquiera estaba realmente triste. De todo el discurso de mi madre, apenas me había quedado con unas palabras:

—Tu hermana y tú viviréis conmigo —dijo, y luego suspiró—. Habrá que buscar un piso más barato. Aún no sé a dónde iremos, pero…, bueno, a lo mejor tenemos que cambiaros de colegio.

Por primera vez en mucho tiempo, sentí que al fin alguien había escuchado mis ruegos.

CAPÍTULO 10

No sé exactamente cuándo caí dormido. Probablemente bien entrada la madrugada, después de dar mil vueltas sobre mi nueva cama. El caso es que al despertar tenía la sensación de no haber cerrado los ojos en toda la noche. En aquel momento hubiera dado cualquier cosa a cambio de un solo día más de vacaciones.

A mi hermana, por ejemplo.

También ella había comenzado a espigarse y ya no era la niña pequeña e ingenua que me seguía a todas partes. Ahora se bastaba sola. Estaba emocionada por el primer día en su nuevo colegio.

—Hoy empiezan las clases —me saludó. Llevaba un pijama por el que le asomaban los tobillos y una enorme sonrisa en la cara.

Como si hiciera falta que me lo recordaran.

Mamá, que la acompañaría en coche cada mañana, había insistido en ir a buscarme y recogerme a mí también. «Solo por ser hoy», me prometió. El único instituto en el que había encontrado plaza estaba relativamente cerca de nuestra nueva casa, pero no tanto como para ir andando. Quedaba más allá de un feo puente de hormigón sobre la autopista que servía de frontera con mi nuevo barrio. Este era más céntrico y concurrido que el antiguo, pero estaba lleno de edificios viejos y destartalados. Y de gente más destartalada y vieja aún.

—De verdad que no hace falta —dije, esforzándome en tragar otra cucharada de cereales.

—Sí que hace falta —replicó ella—. Es el primer día y quiero que vayamos los tres juntos.

Últimamente repetía mucho aquella expresión, «los tres juntos», como si papá hubiese dejado de existir, lo cual era bastante cierto. Se había mudado cerca, también al otro lado del puente. Aun así, cada vez lo veíamos menos a menudo.

Cuando al fin accedí a que me acompañase, mi madre me dio un beso en la mejilla, que yo acepté con resignación. Era mejor eso a que me avergonzase frente a mis nuevos compañeros.

Apenas recuerdo nada de lo que se dijo durante aquel trayecto en coche. Solo sé que estaba amaneciendo, que el coche avanzaba lentamente entre el tráfico y que el corazón me palpitaba al ritmo de los semáforos. Rojo, ámbar, verde, rojo, ámbar, verde. Sus luces nos iban guiando, a tirones pero sin remedio, hacia el último lugar del mundo al que yo deseaba ir: el instituto.

Aunque me alegraba de no tener que volver a pisar mi antiguo centro, el miedo ya había echado raíces dentro de mí. Y eran demasiado profundas como para arrancármelas de un tirón.

—Por fin, ya estamos —dijo al fin mamá, deteniéndose en doble fila.

No es que me sorprendiera, porque habíamos visitado juntos aquel enorme y austero edificio. Pero una cosa era recorrerlo vacío, sin más ruido que el eco de nuestros pasos y las explicaciones del jefe de estudios, y otra llegar allí el primer día de curso. No parecía el mismo lugar. Bandadas de alumnos se acercaban chillando desde ambos lados de la calle, como pájaros revoloteando voluntariamente hacia su jaula.

Porque eso es exactamente lo que me pareció: la jaula donde iban a encerrarme a mí también.

—Voy a llegar tarde al cole —protestó Amanda, señalando desde atrás el reloj del salpicadero. Su entusiasmo me sentó como una patada en el estómago.

—Sí, Jacob, deberías entrar ya —me dijo mi madre—. ¿Seguro que no quieres que te acompañe?

—No —repuse, apresurándome a bajar del coche de un salto.

—Vale —aceptó ella—. Ya verás, te irá genial.

Proferí algo a medias entre un «sí» y un gruñido de incredulidad.

—¡Acuérdate, es el grupo C! —exclamó ella por la ventanilla, mientras yo caminaba penosamente hacia la entrada.

Una vez leí que, de existir el infierno, sería algo distinto para cada uno de nosotros. Algo que condensase en un único lugar todos nuestros miedos y amarguras.

Si fuera cierto, y si yo acabase allí (cosa bastante probable dado lo que ocurriría después), estoy seguro de que mi infierno sería la breve distancia que me separaba aquel día de la puerta del instituto. Una eternidad entera recorriendo muy despacio ese tramo infinito, mientras los demás me adelantaban con sus mochilas a la espalda.

Llevaba todo el verano preparándome para aquel momento. Y, sin embargo, a cada paso que daba me sentía peor. Las palmas de mis manos sudaban. En cambio, la garganta se me había quedado seca. Aunque no levantaba la vista del suelo, incluso este empezaba a verse borroso. El corazón me cabalgaba en el pecho.

Para cuando llegué a la puerta acristalada del instituto, mi cuerpo entero había tomado una determinación: no pensaba entrar en clase. Mejor dicho, no podía. Me daba igual lo que dijeran mis padres, y Amanda, y todas las leyes del mundo. No podían encerrarme allí contra mi voluntad.

Resulta curioso, pero en cuanto decidí rendirme me sentí algo mejor. Incluso empecé a relajarme y a pensar cómo debía actuar para escapar sin que mamá se enterase. Aunque no podía ver su coche, sabía que seguía allí, a mi espalda, esperando a que yo cruzase la puerta acristalada.

Eso fue lo que hice para no despertar sospechas. Luego me aparté hacia un lado y, espiando desde el vestíbulo, aguardé a que mi madre arrancase el coche y desapareciese calle arriba. Aún tuve que esperar un poco a que los últimos rezagados cruzasen a toda prisa la entrada. Seguramente, la verja del exterior no tardaría en cerrarse.

Por fin empujé la puerta con decisión, dispuesto a escapar de allí. Y, al hacerlo, golpeé a alguien que llegaba corriendo desde el otro lado.

Aún no sé si aquello fue un golpe de suerte o más bien todo lo contrario.

CAPÍTULO 11

—¡Epaaa!

Era un chico no muy alto pero grueso y fornido, más o menos de mi edad. Llevaba una gorra y los faldones de la camisa por fuera. Fue de ahí de donde lo agarré torpemente para evitar que cayera hacia atrás.

—Perdona —mascullé, en ese tono ronco y áspero con el que me había acostumbrado a hablar. Apenas llevaba cinco minutos de curso, y ya estaba haciendo mi primer enemigo. Todo un récord.

El chaval recuperó el equilibrio y me miró. Tenía la cara ancha y redonda, cubierta de pecas sonrosadas. Por un momento, tuve ganas de encogerme, temiendo que quisiera devolvérmela.

—Casi me matas —sonrió, como si aquello tuviese muchísima gracia——. ¿Entras o sales?

Murmuré algo inaudible.

—¿Eres nuevo?

—Ajá.

—¿Qué clase estás buscando?

No tardé en averiguar que no solo era de mi curso, sino que a los dos nos había tocado el mismo grupo. Entonces fue él quien me arrastró a mí hacia las escaleras del vestíbulo. Atrás quedó el chirrido de la verja de entrada al cerrarse definitivamente. Y, con aquel ruido, mi última oportunidad de escapar.

—Grupo C —dijo el chaval, al llegar frente a una puerta abierta en el segundo piso.

Me hubiera gustado tomarme mi tiempo para cruzarla. Como ese instante que necesitas antes de lanzarte a una piscina desde un trampolín. Y más aún cuando, para mí, la piscina no estaba llena de agua, sino de fuego. Por desgracia, mi acompañante me arrastró adentro sin darme opción a protestar.

Y allí, al otro lado, una clase llena de alumnos.

Algo más amplia y anticuada que las de mi colegio, sí, pero una clase al fin y al cabo. Ese extraño rincón del universo donde unos van a estudiar, otros a hacer amigos, algunos a aburrirse y unos pocos a pasar miedo, como yo.

No es que esperase algo distinto, claro. La diferencia era que en mi antiguo centro sabía exactamente a quién temer. Allí, en cambio, todas las miradas me parecieron igual de temibles. Aunque muchos alumnos seguían de pie o reclinados sobre las mesas, algunos interrumpieron su charla para volverse hacia nosotros.

El chico de la gorra los ignoró sin más.

—Ahí —dijo, empujándome hacia dos mesas vacías y pegadas a la pared.

Me estaba ofreciendo que me sentase a su lado. Yo obedecí y me encogí en mi asiento. Si de verdad tenía que quedarme allí, estaba dispuesto a ocupar el menor espacio posible. A hacerme invisible, a desaparecer, a que nadie viera eso que llevaba dentro y que me hacía diferente al resto. A convertirme en nadie.

—Soy Gabi —soltó entonces mi compañero.

Tardé un poco en reaccionar. No podía decir «soy nadie» sin quedar como un chiflado.

—Yo Jacob —masculé al fin.

Luego, para evitar seguir hablando, saqué de mi mochila un boli y un cuaderno cualquiera para tomar notas. Con tan mala suerte que fui a abrirlo precisamente por una página llena de viñetas sueltas de Lobo.

En mi precipitación, había escogido una de las libretas que usaba para dibujar. Tampoco era raro, porque tenía la costumbre de garabatear en cualquier cosa que se quedase quieta el tiempo suficiente.

Sin pedir permiso, el chico giró el cuaderno hacia sí y lo miró con curiosidad.

—Ostras. ¿Lo has hecho tú?

Gabi recorría con el dedo las líneas de tinta de mi cuaderno, abierto de par en par sobre el pupitre, como quien sigue en un mapa las curvas de la carretera. Me fijé en que sus uñas estaban cortadas casi al ras.

—Sí —Me encogí de hombros.

—Es buenísimo, tío.

Sentí que me ardían las orejas, como siempre que me avergonzaba. Había llegado a clase con la determinación de no llamar la atención y, por mi estupidez, había dejado al descubierto la parte más íntima de mi vida. Algo que ni siquiera mi familia conocía. Fue como perder la careta en mitad de una fiesta de disfraces. Por otro lado y muy a mi pesar, en aquel rubor no había solo vergüenza, sino también una pizca de orgullo.

—¿Te gusta? —pregunté distraídamente, como si la cosa no fuera conmigo.

—En realidad te odio por dibujar mejor que yo —sonrió él—. ¿Cuánto has tardado?

Bueno, básicamente había dedicado todo el verano a aquellas seis o siete páginas. Es lo bueno de estar solo. A uno le sobra el tiempo cuando nadie lo invita a su piscina ni a caminar bajo el sol hasta un quiosco de helados. Ni siquiera a sudar juntos a la sombra de un árbol.

—¿Cómo se llama esta bestia parda? —quiso saber entonces, señalando las viñetas.

—Lobo.

—¿Es un superhéroe o un villano?

Antes siquiera de que pudiera meditar la respuesta, Gabi se quitó la gorra y se repeinó el flequillo con los dedos. Mi nueva tutora acababa de cruzar la puerta.

CAPÍTULO 12

A un lado del instituto, plantada en medio de la acera, se alzaba una caseta de cemento. Un simple mazacote gris con pinta de objeto extraterrestre. Sobre la puerta tenía pintado el símbolo de un hombre golpeado por un rayo.

Allí me dejé caer, apoyado contra la pared y a salvo de cualquier mirada. En aquel momento, me preocupaba menos morir electrocutado que ser visto. Oía a los demás alumnos dispersándose en la lejanía, como pájaros asustados por un disparo. Mejor dicho, por la antipática sirena que anunciaba el final de las clases.

Me examiné como un soldado que acaba de escapar de una batalla. Sorprendentemente, había terminado mi primer día de curso sin heridas de importancia. Apenas el eco de los latidos en el pecho y un pantano de sudor en la espalda. Arranqué un puñado de hierba seca y cogí aire como si nunca lo hubiera hecho.

—Oye —oí entonces. Mi garganta reaccionó cerrándose con un sonido ahogado.

Era otra vez el chico del asiento de al lado, Gabi. Creo que en aquel momento ni siquiera recordaba su nombre. Había pasado el resto de la mañana intentando seguir charlando conmigo. Yo, en cambio, lo había empleado en intentar evitarlo, primero tomando notas frenéticas sobre mi horario y luego ocultándome en algún rincón perdido del recreo. Por suerte, la larga hilera de profesores que fueron desfilando frente a la pizarra para presentar las asignaturas apenas nos dejó tiempo para hablar.

—¿Qué haces? —preguntó Gabi.

—Esperar a que vengan a recogerme —repuse con incomodidad.

Sabía que mi madre se retrasaría un poco. Desde que se había separado de papá, entraba en el restaurante un poco más temprano y salía bastante después. A veces tenía que doblar turno. Y antes de pasar a buscarme tenía que recoger a Amanda en el colegio.

—Te has largado corriendo. —Gabi sonrió, y la cremallera de su mochila rasgó el silencio del descampado—. Quería darte una cosa, pero en clase no podía.

No sé qué me sorprendió más, si que me hubiese seguido hasta allí o verlo sacar de su bolsa el libro de Biología. Tenía las esquinas desgastadas, así que quizá lo había heredado de alguien. Gabi lo abrió ceremoniosamente, con la cara que pone un mago al sacar un conejo de una chistera. Lo que tenía entre las manos, sin embargo, era un simple cómic. Lo llevaba oculto entre las páginas del libro.

—Se supone que no puedo traerlos a clase —confesó, esbozando una sonrisa de astucia mientras me lo tendía.

Desconcertado, me quedé observando alternativamente el

tebeo y a Gabi. Demasiado fácil, demasiado amable. La vida me había vuelto desconfiado y temía que se tratase de algún tipo de trampa.

—Se me va a cansar la mano, tío —insistió él.

Al fin, agarré el delgado volumen y le eché un vistazo rápido. Era uno de esos cuadernillos que consistían en un puñado de hojas a color sujetas con un par de grapas. Se titulaba *Doktor Atomikus*, y mostraba a un siniestro científico que sostenía un conejo por las orejas. Y no precisamente saliendo de un sombrero. El animal llevaba gafas y se revolvía en las manos de su captor con una preocupante expresión humana.

—Es una frikada de mutantes que me compré de segunda mano, pero igual te gusta —explicó Gabi.

No supe qué contestar. Ni siquiera conocía a aquel chaval. ¿Por qué quería prestarme algo de repente sin esperar nada a cambio?

—A ti te gustan los cómics, ¿no? —añadió.

Tragué saliva. Sentía que la espalda se me volvía a humedecer.

—Claro —mentí al fin. En aquel momento me importaba mucho más ser aceptado que ser sincero.

En realidad, mis viñetas de Lobo habían surgido de la soledad, de las sombras de mi dormitorio y de mi cabeza, no de una pasión real por los tebeos. Por lo demás, solo tenía por casa algunas historietas de humor ajadas y amarillentas a las que les faltaban algunas páginas. De pequeño solía ojearlas durante la merienda, por eso lucían un vergonzoso estampado de manchas de chocolate.

—Tú hablas poco, ¿no?

—Gracias —logré decir. Sabía que debía añadir algo más si no quería volver a quedar como un imbécil, pero no se me ocurría nada.

Los pitidos de un coche que se acercaba me salvaron. Era el de mi madre, que se aproximaba a paso de tortuga por la calle ya desierta. Del jaleo alrededor del instituto apenas quedaban ya unas pocas voces dispersas. Al llegar a nuestra altura, mamá frenó junto a la acera y bajó la ventanilla.

—Hola —nos saludó, con una pequeña sonrisa de extrañeza. Me avergoncé porque sabía lo que quería decir aquella sonrisa: le asombraba verme hablando con otro ser humano.

—¡Hola, Jacob, hola, Jacob! —Amanda golpeaba insistentemente con un puño su ventanilla cerrada. Aquello me avergonzó todavía más.

Gabi levantó la mano con un gesto amistoso, pero yo me apresuré a subir al coche de un salto.

—Bueno, hasta luego —me despedí.

Como era de esperar, durante el trayecto a casa mamá no paró de preguntarme si me había sucedido algo especial. Y, como era de esperar, yo me limité a contestar «nada» mientras ella me echaba inquietos vistazos de reojo a través del retrovisor. Llevaba el cómic de Gabi escondido en la mochila.

—¿Quién era ese chico? —preguntó Amanda con curiosidad.

—Pues un amigo de Jacob, hija —se adelantó a decir mamá, creo que con cierto orgullo.

—Uno de clase —la corregí, mientras el coche se internaba entre el tráfico.

Aquella misma tarde, al vaciar mi mochila para poner en

orden mis apuntes, me encontré con el ejemplar de *Doktor Atomikus*. Lo hojeé, al principio sin mucho interés. Luego, al llegar a la quinta o sexta página, lo extendí sobre el escritorio y lo leí de cabo a rabo. Tres veces. Me gustó especialmente el momento en que los animales mutantes del doctor se rebelaban contra su creador y lo encerraban en una jaula de su propio laboratorio. Aquello podía inspirarme para inventar nuevas escenas de Lobo.

—Jacob, ¿estás bien?

Instintivamente, deslicé el cómic dentro de un libro cualquiera, igual que había hecho Gabi. Mi madre me observaba desde el marco de mi puerta.

—Todo bien —contesté—. ¿Por qué?

—No sé, como te estabas riendo…

CAPÍTULO 13

Supongo que fue así como comenzó a forjarse nuestra extraña amistad.

Seré más exacto. Fue Gabi quien empezó a comportarse como un amigo conmigo. No creo que yo mereciera semejante nombre.

Me limitaba a mantenerme a su lado tratando de seguir su incesante conversación, que casi siempre versaba alrededor de lo mismo: cómics. Mi compañero de pupitre era, por decirlo de una manera suave, un loco de los cómics y esperaba lo mismo de mí. Yo trataba de salir del paso mencionando detalles que recordaba vagamente de las películas de superhéroes que solía ver con mi padre. Gabi me escuchaba y después me reprendía en tono amistoso.

—Pero no es lo mismo, tío. Para empezar, según la historia original, Lobezno debería ser mucho más bajito. Y en las pelis tampoco lleva el mismo traje que…

No es que hubiera olvidado mi determinación de desaparecer. Al contrario. Pero la compañía de Gabi me servía para camuflarme y hacer creer a todos que era uno más. O quizá

73

uno menos. Alguien indistinguible del resto de alumnos que alfombraban el patio. Más que un amigo, el chico de la gorra era para mí como un disfraz que me hacía invisible.

Lo único que se me escapaba era por qué quería él estar conmigo. Según supe, llevaba matriculado en aquel centro desde pequeño y, por tanto, debía conocer a la mayoría de nuestros compañeros. A pesar de todo, aunque a veces lo veía cambiar dos o tres frases con alguien, no parecía pertenecer a ningún grupo. Más bien iba por libre. Claro que a él, al contrario que a mí, no le preocupaba gran cosa estar solo.

Fue un par de días después, en el recreo, cuando empecé a preguntarme por qué lo estaba.

Nos habíamos sentado juntos en las gradas de cemento del patio, a la vista de todos. La gente charlaba a nuestro alrededor en pequeños grupos sin prestarnos atención. Por primera vez desde el principio de curso, sentí que me relajaba un poco. Los hombros se me destensaron con unas punzadas de dolor casi agradables. Era como estar escondido a pleno sol.

—Mira —dijo entonces Gabi, sacándose algo del bolsillo y entregándomelo.

Era un folio de color rosa chillón con pinta de haber sido doblado y desdoblado muchas veces. Intrigado, lo desplegué y le eché un vistazo rápido.

—¿Un concurso de cómic? —pregunté con extrañeza.

Según decía el folleto, lo organizaba una asociación de librerías del barrio. Las bases establecían dos categorías, una para adultos y otra para menores de dieciocho. El premio para esta última era un lote de cómics y una tableta gráfica.

—¿Qué, te animas? —se impacientó Gabi.

—¿A hacer un cómic? —No estaba seguro de haber entendido bien—. ¿Yo?

—Nosotros —aclaró él—. Yo hago el guion y tú lo dibujas.

—Pensé que te gustaba dibujar a ti.

—Y me gusta. Pero hay que entregarlo en diciembre y yo necesitaría como doscientos años para llegar a tu nivel. No son tantas páginas. Lo hacemos juntos y luego ya vemos cómo nos repartimos el premio.

Aunque envidiaba la seguridad que tenía Gabi en sí mismo, no supe qué decir. Mejor dicho, sí lo sabía, pero me sentía incapaz. No podía decirle que no lo conocía lo suficiente y que tampoco pretendía conocerlo. Que no era mi intención confiar en nadie. Que lo único que quería era pasar por el mundo de puntillas.

Por suerte, no tuve que contestar justo en aquel momento. Alguien que pasó frente a nosotros me lo impidió.

CAPÍTULO 14

Era un chico pequeño, flaco, nervudo, con el pelo castaño esmeradamente domado en una especie de tupé. Sobre su camiseta, estampada con el logo de una marca deportiva, colgaba una cadena de oro. Solo sabía que iba a nuestra clase y que se llamaba Hernán. Y, francamente, no tenía ganas de saber más.

Sé reconocer a un elemento peligroso cuando lo veo.

—Eh, machote —sonrió, al pasar por nuestro lado con pasos seguros y elásticos.

No sé si se dirigía a mí o a Gabi, pero el caso es que mi amigo lo ignoró. Ni siquiera le prestó atención cuando el chaval se acercó a un corrillo de alumnos, que se abrió como una flor para recibirlo. Al sentarse, sus amigos volvieron la cabeza hacia nosotros con curiosidad. Yo aparté la vista. Algunas personas son como esfinges: es mejor no mirarlas a los ojos.

—¿Los conoces? —pregunté.

—Bah, ni puñetero caso —se limitó a contestar Gabi—. Bueno, ¿te animas a lo del cómic o no?

—¿Qué? —pregunté, ausente.

El miedo había vuelto a inundarme de repente, concentrado en el brillo de la sonrisa de aquel chico. Había algo en su forma de decir la palabra «machote» que no me gustó nada. Por desgracia, también estoy acostumbrado a reconocer los sarcasmos. Esos desafíos sutiles que, bajo la apariencia de una broma, pueden esconder semillas que crecen hasta convertirse en algo más peligroso.

Más tarde, después del recreo, tuve ocasión de conocer mejor a Hernán. Y, con él, a nuestro nuevo profesor de Lengua. Otro de los protagonistas de mi historia.

—Buenos días. Este es el grupo C, ¿verdad?

No pude evitar sorprenderme al ver al hombre escuchimizado que acababa de aparecer sobre la tarima. Y digo «aparecer» porque ni siquiera lo había visto entrar en el aula. De hecho, la mayoría de los alumnos tampoco reaccionaron a su saludo y siguieron charlando tranquilamente.

—Un poco de silencio —rogó el profesor, tan débilmente que casi había que leerle los labios.

Era uno de los tipos más raros que había visto en mi vida. Lo primero que llamaba la atención eran sus ojos ahuevados, plantados a ambos lados de una nariz bulbosa que no pegaba en absoluto con su cara flaca y consumida. El pelo, casposo y de un sucio color rojizo, parecía pegado a mechones en la cabeza y las mejillas. En general, daba la sensación de que alguien había montado su cara con piezas sueltas de otras personas. Ni siquiera su voz estridente parecía pertenecerle.

—Ojos de Huevo —me informó Gabi en voz baja—. Todos lo llaman así, pero es buen tío.

—¿Podéis bajar la voz, por favor? —insistió tímidamente

el hombre hasta lograr un nivel aceptable de silencio—. Para los que no me conocéis, me llamo Jesús Aguirre y voy a impartiros la materia de Lengua y Literatura durante este…

El rumor sordo de los cuchicheos volvió a elevarse mientras el hombre copiaba el programa de su asignatura en la pizarra.

—Silencio, por favooor.

Buena parte del jaleo procedía del rincón opuesto al mío. Asomándome entre las cabezas de mis compañeros, vi que los murmullos y las risas orbitaban precisamente en torno a Hernán.

Cada vez que Aguirre se volvía hacia la pizarra, el chico se llevaba algo a la cara. Eran dos gomas de borrar tiznadas y redondeadas por el uso. En el centro de cada una de ellas, Hernán había pintado una gran pupila de tinta. Así, cada vez que cubría sus ojos con las gomas, su rostro adquiría cierto parecido con el del profesor. Entonces se volvía hacia el resto de la clase, buscando su aplauso.

Gabi, con la vista fija en la pizarra, era de los pocos que no le prestaban atención. Y se necesitaba mucha voluntad para no hacerlo.

Me fijé en la mandíbula de Hernán, tan angulosa que parecía que la hubieran trazado con escuadra y cartabón. Al reír, en las mejillas se le tensaban dos músculos fuertes y elásticos. Aquellas carcajadas silenciosas y huecas me asustaron aún más, porque ya las había visto antes. Eran las de quien está acostumbrado a hacer de la burla de los demás un espectáculo.

Confieso que sentí pena por la situación, pero también cierto alivio. «Mejor él que yo», pensaba, como cuando en el colegio mis compañeros se cebaban con otro alumno. Jamás se me había ocurrido, sin embargo, que la víctima pudiera ser el propio profesor.

—¿Pero se puede saber qué pasa? —dijo al fin Aguirre, volviéndose hacia nosotros.

Al hacerlo descubrió a Hernán ladeado sobre su asiento y con las gomas de borrar en las manos. Aguirre contrajo la cara al verlo. Noté que estaba esforzándose para que no le temblase la voz cuando se dirigió a él. ¿Era posible que le tuviese miedo?

—Hernán Palacios, no empecemos —dijo, con una orden en la que se adivinaba un ruego.

El otro dejó de reír, pero no perdió su sonrisa provocadora, que exhibió orgullosamente hacia el resto de la clase. Fue entonces cuando sus ojos se encontraron por casualidad con los míos.

Sin pensarlo, yo también le sonreí. Sutilmente, de medio lado, pero lo hice.

Aunque me avergüence decirlo, era mejor tener a aquel chico como aliado.

CAPÍTULO 15

Hey, Jacob

Era sábado por la mañana, y seguía remoloneando en mi cama, pegado al móvil. Casi lo dejé caer sobre mi cara al ver aquella notificación resbalar desde la parte superior de la pantalla. En general, solo recibía mensajes de mi familia, pero aquel procedía de un número desconocido.

Tengo una idea para el guion del cómic, te la paso?

Suspiré al comprender que se trataba de Gabi. Se me había olvidado que ahora tenía mi número de teléfono. Y a él, que de momento yo no había accedido a participar en el concurso. De hecho, llevaba toda la semana dándole largas. Pero era típico de él no saber esperar.

«Vale», me resigné a teclear. Diez segundos más tarde ya tenía el guion en mi pantalla.

Fui abriendo los ojos, aún legañosos, a medida que lo leía allí mismo, en la cama.

La idea era buena. Incluso muy buena, a pesar de estar llena de faltas de ortografía. Otra de las cosas típicas de Gabi.

Reconocí cierta inspiración en mis viñetas, pero también en *Doktor Atomikus* y en otros cómics que Gabi mencionaba todo el tiempo y que a veces me prestaba: *Watchmen, The Sandman, V de Vendetta, Daredevil.* No pude evitar sonreír al toparme con su protagonista, una rata que mutaba en bestia al beber de una lata vertida por la alcantarilla. Era de la misma marca de refrescos energéticos que Gabi solía comprar a la salida de clase, cuando lo acompañaba a la tienda de alimentación cercana al instituto. Cada vez pasábamos más tiempo juntos.

Al terminar el guion, descubrí con sorpresa que estaba ya en mi escritorio. Me había sentado allí sin darme cuenta, abstraído en la lectura. Con la mano tanteaba la mesa en busca de un rotulador.

—¿Pero ya estás ahí, hijo? —bostezó mamá al cruzar el pasillo—. ¿Qué haces?

—Cosas de clase —respondí, ocultando con los codos mi cuaderno de bocetos.

Ella sonrió y se me acercó por la espalda para darme un beso en la mejilla. Yo protesté, pero con menos aspereza que otras veces. Me costaba admitir ante mí mismo que estaba contento.

Pensé en ponerme realmente a hacer deberes. Una de las promesas que le había hecho a mi madre al cambiarme de instituto era que me esforzaría más en los estudios. Sin embargo, en aquel momento tenía la cabeza demasiado repleta de ideas. Casi podía notarlas aporreándome la frente, impacientes por abrirse paso hacia el papel. Sin pensarlo mucho, destapé el rotulador con los dientes y me puse manos a la obra.

Poco después, comenzó a diluviar tras la ventana abierta. Era la primera tormenta en mucho tiempo, y casi podía sentir la lluvia refrescando la calle, como si el asfalto fuese una prolongación de mi piel. Delgados relámpagos resquebrajaban la mañana sombría y otoñal. Y, sin embargo, por una vez, mis dibujos no parecían brotar de la oscuridad, sino de un lugar distinto. Tal vez no muy luminoso, pero sí distinto. Algo así como un desván tenuemente alumbrado con una vela.

Eso que brillaba volvía a ser la esperanza de que las cosas cambiasen. La maldita esperanza.

Era ella la que me susurraba que en mi nuevo instituto podría ser por fin alguien diferente. Que quizá, después de todo, Gabi y yo terminaríamos siendo amigos. Que hasta teníamos posibilidades de ganar el dichoso concurso. Incluso fantaseé por un momento con la idea de convertirme en dibujante profesional cuando fuera mayor.

No me importó que papá rompiera otra vez su promesa de acercarse a vernos aquel fin de semana. De hecho, me lo pasé entero frente a mi cuaderno, arañando tiempo para hacer los deberes y poder así seguir dibujando.

—No se pinta mientras se come —me recordó Amanda, más resentida que yo por las repetidas ausencias de mi padre.

—Déjalo, anda —la desdijo mamá, retirando los cubiertos para hacerme sitio.

Después de llover todo el fin de semana, el lunes volvió a lucir el sol. La ciudad estaba recién lavada y parecía de juguete. El autobús, los árboles, los buzones, todo había recuperado su color original. Hasta el inmenso edificio del instituto se me antojó menos siniestro. Llegué con algo de retraso y mi cuaderno de bocetos en la mochila. Aunque no quería admitirlo, me moría de impaciencia por enseñárselos a Gabi.

El problema es que, al entrar en clase, mi amigo no estaba allí.

CAPÍTULO 16

Fue como volver a tener diez años.

Incluso me vino a la cabeza el día en que Gus me había abandonado en el gimnasio. Sin decir nada, me encogí en mi asiento y me concentré en hundir la vista en mis apuntes, inmóvil. La silla vacía que tenía al lado hacía que el aula pareciera aún más abarrotada. Sin la protección que me brindaba la ancha figura de Gabi, me sentía solo e indefenso. Lo único que podía hacer era echar vistazos de reojo a la puerta del aula, esperando que en cualquier momento apareciera mi amigo con una de sus absurdas gorras.

El único que apareció fue el profesor Aguirre. Venía tan cabizbajo como siempre, fingiendo no prestar atención a las sonrisas que provocaba su aspecto extraño y desaliñado.

—Por favoooor —nos saludó, según su costumbre, para acallar las últimas conversaciones.

Por suerte para él, era temprano y la clase seguía medio dormida. Al menos había suficiente silencio para pasar lista. Apreté los dientes y me preparé para algo tan estúpidamente fácil como alzar la mano y decir «yo».

Las cosas más simples parecen ridículamente complicadas cuando uno espera hacerlas sin meter la pata. Como si fuera una cuenta atrás, fui dejando pasar nombres y nombres hasta que al fin el profesor llegó al mío.

—Luna Alonso, Jacob.

—Yo —murmuré, mucho más bajo de lo que tenía planeado.

—¿Jacob Luna? —insistió Aguirre.

—Yo —respondí, esta vez con un grito destemplado.

El profesor hizo una pausa para buscar al dueño de aquella voz desafinada.

—Ah, sí —musitó al descubrirme. Luego bajó la mirada hacia su lista y por último miró el asiento vacío a mi lado—. Vaya, veo que el que no ha venido es tu amiguito Gabi.

«Amiguito», esa fue la palabra que utilizó. Tal vez no lo hizo con mala idea, pero eso no le importó al resto de la clase, que se volvió para verme enrojecer en mi pupitre. Eso, sin embargo, no fue lo peor. Entre las risas apagadas que levantó su comentario, oí claramente a alguien exclamar:

—Será su novio, profe.

Me pareció que la broma venía del grupo de Hernán, pero no puedo asegurarlo. Quizá por eso mi rabia prefirió centrarse en el propio Aguirre. Con su torpeza, con aquella palabra infantil pero ambigua, había conseguido ponerme en evidencia. Que todos reparasen en mí. Darles, por primera vez, un motivo para señalarme.

Pasé el resto del día con la cabeza gacha, rumiando en mi cabeza el comentario del profesor y la broma que lo había seguido. Me preguntaba si era una burla vaga, imprecisa, o si tenía alguna justificación real. ¿Estaba pasando demasiado tiempo con Gabi? ¿Se rumoreaba a nuestras espaldas que éramos novios o algo así? ¿Por eso Hernán había llamado sarcásticamente «machote» a uno de los dos? ¿A él? ¿A mí?

Pensé en lo que hubiera dicho mi padre de haberlo sabido y me ruboricé aún más.

Mi enfado con Aguirre no disminuyó a lo largo del día. Al contrario. Cuando al fin terminaron las clases, y crucé el pasillo del autobús a empujones hasta los últimos asientos, lo primero que hice fue abrir mi cuaderno de bocetos.

Allí, con un bolígrafo cualquiera, empecé a trazar una caricatura despiadada del profesor. Los ojos saltones, casi fuera de sus órbitas. Mechones de pelo estropajoso brotando de la cabeza. El cuerpo flaco, encorvado, casi contrahecho.

«Imbécil, capullo, amorfo, ojos de huevo», pensé. Con la mano dibujaba y con las mandíbulas iba triturando concienzudamente un chicle. Al arrancar el autobús, un rayajo involuntario deformó la sonrisa bobalicona de Aguirre. Creo que fue entonces cuando levanté la vista y descubrí que había cometido un error.

Tenía la costumbre de dejar pasar siempre un par de autobuses para no coincidir con ningún compañero durante el trayecto. Aquel día, ansioso como estaba por escapar, había olvidado tomar esa precaución básica. Y, por culpa de ese descuido, tres alumnos de mi clase avanzaban ahora hacia las filas traseras luchando contra la inercia del autobús.

Eran dos chicos y una chica, y los tres se sentaban en clase cerca de Hernán.

Me apresuré a cubrir mi dibujo con el brazo mientras ellos

ocupaban los asientos libres a mi alrededor: dos enfrente y uno al lado. No tenía escapatoria. La chica, de cuyas orejas colgaban dos aparatosos aros dorados, fue la primera en reconocerme.

—Hombre, el amiguito de Gabi —afirmó en voz bien alta y sin ningún disimulo.

Los otros dos se volvieron hacia mí con idéntica sorna.

—Pues que nos dé un chicle de esos —repuso el chico de mi lado. Ya había notado antes que tenía un párpado caído, como si estuviera guiñando permanentemente el ojo.

—Sí, anda, danos un chicle —extendió la mano el otro, un muchacho de pelo ensortijado.

No era una petición. Sin atreverme a replicar, rebusqué en mi bolsillo hasta dar con un paquete de chicles arrugado. Casi lo estrujé entre los dedos para ocultar que me temblaba el pulso.

El chaval del ojo entrecerrado cogió el envase y, tanteándolo, calculó el número de chicles que contenía. Luego repartió dos a cada uno, seis en total. Al ver que todavía sobraba una pastilla, él mismo apretó el paquete y la dejó caer directamente en su boca. Después me alargó el envoltorio vacío.

Traté de disimular mi humillación mientras alargaba el brazo para recoger el desperdicio. Y, al hacerlo, cometí un segundo error. Dejé el grotesco retrato de Aguirre al descubierto.

—¡El Ojos de Huevo! —chilló histéricamente la chica.

El grito fue tan fuerte que algunos viajeros se volvieron a mirarnos desde el pasillo.

Al igual que Gabi, los chavales se abalanzaron sobre el

dibujo para repasar con detenimiento cada detalle. Lo hicieron entre carcajadas tan grandes que casi daban botes en sus asientos.

—Está igual, tío, está igual —dijo el chico del pelo rizado.

—No, que a veces se pone gafas —replicó su amigo, más crítico—. Va, dibújaselas.

Había preferido omitirlas para no ocultar los ojos característicos del profesor. Sin embargo, tampoco esta vez me atreví a desobedecer. Con el bolígrafo húmedo de sudor, tracé unas gafas desproporcionadamente grandes sobre la nariz de Aguirre.

—Ponle también el libraco ese que trae a clase —añadió la chica—. Ah, y una mierda en los zapatones. Y cuernos.

Fueron dándome más indicaciones hasta que el retrato empezó a desfigurarse. Ni siquiera el propio Aguirre se hubiera reconocido en él.

Yo no lo lamenté. Aunque mi obra se hubiera echado a perder, a cambio había conseguido algo más importante: ganar tiempo y, sobre todo, desviar la atención de mí mismo. Como cuando era niño, mis dibujos seguían valiendo más que mis palabras.

—Este tío es un máquina —sonrió abiertamente el chaval de rizos.

Me creí salvado al ver que nos acercábamos a mi parada. Sin embargo, cuando ya me había levantado a solicitarla, la chica de los pendientes me sometió a una última prueba.

—Oye —dijo socarronamente—. Y a tu «amiguito», ¿qué le pasa?

Me agarré con ambas manos a la barra del autobús para

apuntalarme sobre las piernas temblorosas. Tenía que dejar claro que lo que le pasara a Gabi no iba conmigo.

—Ni idea —dije con indiferencia—. Estará enfermo.

—Sí, o se habrá cortado afeitándose —replicó el chico del ojo entreabierto.

Aunque los otros dos reaccionaron con carcajadas, no entendí si se trataba de una broma. Y no solo porque el chico del ojo entreabierto había hablado sin alterar su gesto hosco, sino también porque Gabi no tenía ni un solo pelo en la cara. Y menos ese bigotillo ridículo que me crecía a mí bajo la nariz como la sombra de una mancha.

Los miré a todos con una sonrisa incómoda, en un triste intento de fingir que todo aquello me divertía, que compartía aquel chiste cuyo sentido se me escapaba. La chica les dirigió una mirada de complicidad a sus amigos.

—Este aún no se ha enterado de que Gabi es una tía.

CAPÍTULO 17

Gabi me había dejado claro que no era una chica.

Y, sin embargo, no es lo que hubiera dicho cualquiera al verlo en sus viejas fotos de graduación. Las busqué en la web del centro nada más llegar a casa, aprovechando que mi madre aún no había vuelto con Amanda. Volvía a temblarme la mano cuando agarré el ratón para abrir el menú desplegable de la página, en el que figuraba un epígrafe que decía: NUESTROS ALUMNOS.

Haciendo clic encima, accedí a una larga galería de imágenes de cursos anteriores.

Al principio no lo reconocí. Aunque ya de pequeño era más corpulento que sus compañeros, por aquel entonces Gabi parecía otra persona. Solo revisando con cuidado cada imagen di al fin con sus ojos entrecerrados por el sol, pero tal y como los conocía. Bueno, no exactamente. Estaban tal vez un poco más apagados, como mirando a un punto más allá de la cámara.

Gabi con falda, Gabi con camiseta violeta de tirantes, Gabi con el pelo largo. Gabi en preescolar, con un vestido de mariquitas y un horrible coletero verde chillón. Con el puntero del ratón fui recorriendo su silueta, más alta año tras año. Al parecer, era el curso anterior cuando había pegado el cambio más brusco. El pelo muy corto, más que ahora, los brazos cruzados, una camisa desabrochada que le venía grande.

Me pregunté si usaría aquella ropa para disimular su figura. También caí en otros detalles que había pasado por alto. Que nunca la veía usar los baños públicos, por ejemplo. El modo en que interrumpía a los profesores al pasar lista para no dejarles pasar de los apellidos. Y, por supuesto, los comentarios de Hernán y los demás: la palabra «machote», la broma del afeitado, la insinuación de que éramos novios...

Me daba exactamente igual que el nombre que sus padres le habían puesto a Gabi no fuera Gabriel, sino Gabriela. O Mónica, o Amanda, como mi hermana, o cualquier otro. Tampoco me importaba demasiado que me lo hubiera ocultado. Al fin y al cabo, eso no cambiaba nada entre los dos. Lo único que temía era lo que iba a ser de mí en el instituto. Estaba claro que había gente en clase que la consideraba un bicho raro. Por eso estaba solo.

Casi solo. Ahora me tenía a mí, y me consideraba su amigo.

Eh, Jacob

Avísame cuando llegues a casa

Todavía estás en clase?

Eoooooo

Estás?

Gabi te ha enviado una imagen

No sé si fue por curiosidad o porque no podía seguir dándole largas. El caso es que al fin cogí el móvil y accedí a nuestra conversación. Para mi sorpresa, la fotografía que había adjuntado mostraba un pie cubierto por un vendaje, pero evidentemente amoratado y tumefacto.

Qué te ha pasado, tío?

En el último momento decidí borrar la palabra «tío» antes de enviar el mensaje. No sabía si era lo correcto y me producía una especie de pudor. Su respuesta surgió casi inmediatamente en mi pantalla.

Esguince de 2.º grado
Toda la mañana en el hospital
Qué cuadro, tío

Se había torcido el pie aquella misma mañana, al salir de casa. Ahora le esperaban tres semanas de reposo y una larga temporada con muletas.

Seguí recibiendo retratos anteriores de su pie en distintos grados de inflamación. Yo reaccioné salpicando la pantalla con emojis de asco, de risa o de sorpresa. En el fondo, lo único que sentía era miedo. Miedo de lo que iba a pasarme a mí si seguía a su lado. Y, al mismo tiempo, de lo que pasaría ahora que no iba a estarlo.

Empecé a saberlo al día siguiente, durante el tiempo del recreo.

Volvía a lloviznar, y yo había salido el primero de clase

para buscar un refugio en la fachada trasera del edificio. Entre el muro de ladrillo y la verja roja se extendía un largo pasillo tomado por las malas hierbas. El alero del tejado lo protegía parcialmente del agua.

Allí me senté, con las piernas cruzadas y mi cuaderno sobre las rodillas, dispuesto a ocultarme entre sus páginas durante media hora. A disolverme y desaparecer en la tinta de mi rotulador.

No pasó mucho tiempo antes de empezar a oír unas voces que se acercaban. De algún modo, supe quiénes eran antes de verlos aparecer por una esquina.

«Como si me hubieran olido», pensé.

Eran cinco. Hernán, los tres alumnos del autobús y otra chica que no conocía, pero que aparentaba nuestra edad. Supuse que pertenecía a uno de los otros grupos. Fue ella la que, nada más doblar la esquina, se llevó la mano al bolsillo para sacar un paquete de tabaco de liar.

Me sentí idiota. Estaba claro que no podía ser el único en conocer aquel escondite. Parecía el sitio perfecto para hacer cualquier cosa a espaldas de los profesores. Fumar, por ejemplo, o usar el móvil. Hernán también sacó un cigarrillo después de robarle a su amiga el mechero.

El grupo avanzó hacia mí echando humo y sin molestarse en disimular su curiosidad.

—¡Eeeh, ese es el del dibujo! —dijo la chica de los pendientes al reconocerme. Esta vez eran de brillantes cuentas de plástico, pero igual de grandes.

—Eh —mascullé, o tal vez solo moví los labios. Lo único que deseaba era que pasaran de largo.

—Oye, ¿tienes ahí al Ojos de Huevo? —preguntó sin más la chica.

—Hum —gruñí—. No sé.

Mi intención era haber arrancado del cuaderno aquella caricatura echada a perder, pero con todo el asunto de Gabi lo había olvidado. Sentí la mirada vigilante de Hernán sobre mi cabeza mientras buscaba el dibujo, su fiera mandíbula envuelta en humo y componiendo una sonrisa socarrona. Sin proponérmelo, fue en su dirección hacia donde finalmente levanté el cuaderno. Había comprendido de sobra que era el cabecilla.

Él expresó su aprobación dándole un manotazo en el hombro al chico de rizos.

—Brutal —sentenció, y su carcajada no fue muda como en clase, sino abiertamente escandalosa.

—¿Tienes más? —preguntó la chica del cigarrillo, deslizándose por la pared hasta sentarse justo a mi lado. La sorpresa que me produjo su cercanía se sumó al mareo por el humo del tabaco.

—No —masculló, sujetando firmemente el cuaderno. Temía que les apeteciera curiosearlo por su cuenta.

—Pues haz a otro —dijo con sencillez el chico de rizos, sentándose también.

Los demás se acomodaron enfrente, junto a la valla. Una vez más, me sentí acorralado.

—Que haga a la Rambo —masculló el chaval del ojo entreabierto. Así llamaban a nuestra tutora.

Sin pararme a pensarlo, busqué una página en blanco y tracé un torpe boceto de la maestra, una mujer bajita pero enérgica. No era gran cosa, pero les entusiasmó igualmente. Tanto que enseguida se pusieron a discutir por su cuenta cuál sería el siguiente. Casi como si yo no estuviera allí.

—Brutal —dijo Hernán, repitiendo su veredicto—. Está brutal.

Así, una a una, durante media hora fueron surgiendo del papel nuevas caricaturas. Creo que la mayoría no se parecían mucho a los originales. No solo porque apenas conociera a mis profesores, sino por la turbación que me producía dibujar en público. Y, aun así, sentí que aquellos monigotes eran más reales que yo mismo. Ellos eran los protagonistas, y yo solo la mano ejecutora. Mis dibujos no solo hablaban por mí. También me protegían.

Precisamente ahora que ya no creía en los superhéroes, empezaba a descubrir mi superpoder.

Al fin, cuando empezó a acercarse la hora de volver a clase, la chica de los pendientes preguntó:

—¿Qué nos toca ahora?

—Lengua —respondió otro.

—¡O-jos de Hue-vo! —canturreó el chico de rizos como si se tratase de una canción publicitaria.

—Uf, yo paso.

—Y yo.

—Pues no vamos. —Hernán se levantó y se sacudió el polvo del pantalón—. Que le den a Aguirre.

Como si su orden no admitiese réplica, todos se levantaron tras él. Todos menos yo. Ya habían empezado a alejarse cuando el chico de rizos se volvió para mirarme. De entre todos ellos, era el que me había parecido más amistoso. Y, en mis circunstancias, «más amistoso» significaba «menos peligroso».

—¿Y este? —preguntó.

—Hmmm —dijo Hernán al tiempo que hacía un gesto vago—. Pues que se venga también.

CAPÍTULO 18

No sé por qué lo hice. No sé por qué los acompañé.

Quizá fue simplemente porque no me atrevía a rechazar su invitación. Quizá quería demostrar que no era igual que Gabi, que no dependía de él como creían. O quizá fue por el secreto orgullo que me producía ser aceptado, aunque fuera gracias a mis ridículas caricaturas.

El caso es que me levanté y los seguí hacia la entrada del centro. La verja seguía abierta para dejar paso a algunos alumnos de bachillerato que regresaban de la calle, pero no había nadie vigilándola. Por allí se escurrieron todos, echándose las capuchas sobre la cabeza para mezclarse entre los mayores. Yo protegí el cuaderno bajo la sudadera y caminé tras ellos. Aquello no era como fingirme enfermo ante mis padres para faltar a clase, sino algo que añadía a mi miedo una extraña excitación. La del jugador que lo apuesta todo a una tirada improbable y peligrosa.

Los demás, en cambio, parecían acostumbrados a aquella maniobra. Incluso un poco hastiados al ver que la lluvia comenzaba a apretar.

—Qué mierda —comentó la chica de los pendientes—. Estoy por volverme con el Ojos de Huevo. Como le dé por pasar lista y me pongan un parte el primer mes, mi madre me va a...

—No nos rayes y vamos al chino —la interrumpió Hernán.

—Vale.

Yo ya había estado allí. Era un local feo y sombrío cuyo interior quedaba oculto por un escaparate forrado de pegatinas ajadas. El mismo sitio donde Gabi solía comprar latas de refresco y gominolas. Pensé que habíamos ido allí precisamente a eso. Por eso me extrañó que Hernán y los demás cruzasen la zona de alimentación y se dirigiesen al fondo, hacia unos cuantos pasillos iluminados con tubos fluorescentes. Allí, sobre filas de estanterías idénticas, se amontonaban artículos de papelería, juguetes, útiles de costura y otros productos baratos.

El dependiente, un hombre chino que se afanaba en cobrar a los alumnos que se agolpaban frente al mostrador, no nos vio pasar.

Quise preguntar a dónde íbamos o qué buscábamos, pero no me atreví. Cuando al fin nos vimos solos entre las altas estanterías, Hernán se volvió hacia el resto.

—Venga, pillad lo que podáis —ordenó.

Los chicos se dispersaron por los pasillos entre risas contenidas. Mientras, distraídamente, iban echándose a los bolsillos llaveros, fundas de móvil, esmaltes para las uñas y otras baratijas. Yo me quedé parado, sintiendo que el pelo del cogote se me erizaba.

—Va, coge algo tú también —me animó el chico del pelo rizado antes de seguir al resto.

Me quedé inmóvil, contemplando el confuso paisaje de objetos de plástico. De pronto, la medida de mi valor estaba cifrada en uno de aquellos inútiles tesoros. No quería quedar como un cobarde y, al mismo tiempo, tampoco me decidía a coger nada. Debí de permanecer así, sin saber qué hacer, durante al menos un minuto.

—Oye, ¿qué quiere? —oí decir entonces a mi espalda—. Vosotros, ¿qué quiere?

Era el dependiente, voceando desde el mostrador lo poco que sabía decir en español. No esperó una respuesta, sino que se levantó de su puesto y se acercó apresuradamente a la zona del bazar. Aprovechando que me había quedado rezagado, yo saqué mi cuaderno y, con él bajo el brazo, me desvié hacia un pasillo solitario. Quería evitar que me relacionasen con los otros.

Había aparecido en la sección de juguetes. Enfrente de mí, sobre una hilera de garfios, colgaban un montón de caretas monstruosas y otros artículos de disfraz. Las aparté un poco y, a través de las barras metálicas de la estantería, vi al dependiente alcanzar al resto del grupo. Fue una escena incómoda. Los gestos teatralmente ofendidos de la chica de los pendientes, las carcajadas contenidas de Hernán, los inútiles intentos del dependiente de registrarles los bolsillos, las palabras «a mí no me toques, chino» pronunciadas en voz alta.

Sabía que era el momento perfecto para escabullirme fuera sin ser visto, pero no podía irme de vacío. Tenía tanto miedo de que me pillasen robando como de que todos supiesen que había sido incapaz de hacerlo.

Las orejas, enrojecidas por los nervios, solo me dejaron de

103

arder cuando al fin salí del local. Las gotas de lluvia ocultaban el sudor que me caía por al frente. Un momento más tarde, aparecieron también los demás, excitados todavía por su hazaña. Creo que casi habían olvidado que los acompañaba. Que ni siquiera me hubieran echado en falta si simplemente me hubiera largado. Yo, en cambio, sabía que me jugaba algo importante.

—Bueno, a ver qué lleváis —dijo Hernán, tras ponerse al abrigo de un portal.

Todos sacaron a puñados la mercancía de los bolsillos para compararla.

—Este se ha rajado —me acusó la chica de los pendientes, señalándome.

Yo metí la mano, aún agarrotada, en el bolsillo interior de mi cazadora. Dentro había algo que se desplegó bajo la lluvia como una flor de goma negra.

—¿Esa mierda? —se burló el chico del ojo entreabierto.

—Eeeh, a mí me mola —sonrió entonces Hernán, llevándose el artículo a la cara y levantando esta hacia la lluvia—. Auuuuuu.

Era una máscara de lobo.

CAPÍTULO 19

Fue así como, sin pretenderlo, dejé de ser nadie y empecé a convertirme en Lobo. Coincidencia o no, me habían bautizado como al protagonista de mi cómic.

En realidad, el mote que me puso Hernán empezó como una broma, casi como una burla amistosa. Venía, claro, de la careta barata sustraída del bazar, que aquella misma tarde escondí, avergonzado, entre un montón de bañadores viejos y descoloridos. Sabía que en realidad yo no tenía nada de fiero ni de audaz, nada que me hiciera merecedor de semejante apodo. Y, sin embargo, fue aquella máscara mal pintada la que empezó a proporcionarme lo que todo lobo necesita: una manada.

Alguien capaz de dar la cara por mí.

—Jacob Luna —dijo mi tutora más tarde, al descubrirme en el otro rincón de la clase—. ¿Te has cambiado de sitio?

La vi observarme por encima de sus gafas, cuya cadenita metálica se balanceaba en el aire. Yo tragué saliva en mi nuevo pupitre. El mismo que ahora, de repente y sin saber bien cómo, compartía con Hernán.

—Sí —murmuré.

—¿Y se puede saber por qué? —replicó ella.

La voz de Hernán se dejó oír desde el asiento de al lado.

—¡Es para que no esté ahí detrás solo, profe! —voceó, y luego agregó a su fingida inocencia un matiz de provocación—. Se lo he dicho yo.

Mi tutora alzó las cejas y nos examinó detenidamente a los dos, como si no se lo acabase de creer. Ella no parecía intimidada por Hernán, pero tampoco tenía ningún motivo para regañarlo. Al fin y al cabo, yo era nuevo en clase y me convenía integrarme.

—¿Tú estás mejor ahí, Jacob? —preguntó al fin.

—Sí —respondí, no muy seguro, pero luego elevé la voz—. Prefiero sentarme aquí.

—Bueno —suspiró ella, volviéndose hacia el resto de la clase—. Pero no empecéis a cambiaros todos sin permiso… ¡y abrid de una vez los libros, por favor!

Para hacerme hueco a su lado, Hernán había obligado a desplazarse a su compañero, el chico del ojo entreabierto. Él también tenía su propio apodo, aunque no sé quién se lo había puesto.

—Va, Tuerto —había insistido Hernán—. A ti qué más te da.

El otro no pareció muy contento cuando desparramó sus cosas sobre otra mesa, en un sitio libre de la fila paralela a la nuestra. Al otro lado, justo a mi espalda, se sentaban el chico de rizos y la chica de los pendientes enormes. Según pude saber, se llamaban Yasir y Valeria.

Hernán no me había sentado a su lado a cambio de nada,

pero el precio a pagar me pareció más que aceptable. Consistía, sencillamente, en seguir dibujando para él. En mantenerlo entretenido con nuevas caricaturas. Consciente de su atención, yo empecé a descuidar mis apuntes y a concentrarme en garabatear concienzudamente los márgenes del cuaderno. Hernán se pasaba las horas muertas pendiente de mi bolígrafo, señalaba mis dibujos con su uña sucia, me sugería nuevos personajes o, directamente, invadía mi cuaderno para garrapatear detalles de su invención.

Un día, cuando ya habíamos agotado el placer secreto de dibujar a los profesores de todas las formas posibles, Hernán señaló hacia un pupitre de la tercera fila.

—Haz a ese —me susurró—. Al de los granos.

Yo ya me había fijado en aquel chico latino cuyos pómulos estaban cubiertos por dos ásperas islas rojizas. Pero no eran sus marcas de acné lo que había llamado mi atención, sino su costumbre de salir voluntario a la pizarra y de corregir a los profesores durante las explicaciones. Se sentaba solo, y lo entendía porque tampoco a mí me resultaba simpático. Por eso no me costó mucho sacarle una buena caricatura.

A raíz de aquello, Hernán empezó a pedirme que dibujase también a otros compañeros. En especial a los de aspecto más extraño, a los más tímidos y los más solitarios. Yo le obedecía, contagiado de su entusiasmo y de las mudas carcajadas con las que recibía cada trazo.

De algún modo, Hernán me fascinaba.

Solía vigilarlo de reojo mientras dibujaba, cuando se recostaba perezosamente sobre el radiador a mordisquear su bolígrafo. Lo roía entre los dientes sin apartar sus ojos mordaces del resto de la clase. Como si estuviera mirando algo que le pertenecía, algo que parecía estar siempre bajo su control.

Hernán no era fuerte como mi padre ni como Leo, ni como otros chicos que había conocido en mi antiguo colegio. Al menos no lo era en el mismo sentido. Aparte de los de la mandíbula, no lucía músculos más grandes que los míos. Su espalda no era ancha ni su voz bronca. Tenía casi cara de niño. Y, sin embargo, de su cuerpo parecía emanar una fuerza que lo volvía sólido, compacto, irrompible. Todos en el instituto, incluso los más mayores, lo respetaban. No podía parar de preguntarme de dónde salía toda aquella autoridad, esa confianza en sí mismo que yo deseaba para mí.

—Mirad lo que ha hecho Lobo —decía, tomando mi cuaderno sin permiso para mostrárselo a los de atrás. Sus palabras eran para mí como una caricia en el lomo. Me enorgullecía que todos en clase supieran que era capaz de admirarme por algo.

Bueno, casi todos.

CAPÍTULO 20

A Gabi no le había mencionado nada del cambio de pupitre. Y menos aún que cada vez pasaba más tiempo con Hernán y su pandilla. Al contrario, seguía cambiando mensajes con él como si todo continuase igual que siempre. Como si solo estuviera esperando a que volviera a clase.

Me había acostumbrado a llevar dos vidas, y las dos a través de mi cuaderno.

Una por las mañanas, dibujando para mis nuevos amigos. Otra por las tardes, robándole tiempo a los deberes para avanzar en nuestro proyecto de cómic. A Gabi le habían entusiasmado más de lo que esperaba las primeras viñetas. Mucho más que las fotografías de mis pobres apuntes que cada día le pasaba a través del móvil.

Vamos a llevarnos ese premio, tío

Tú crees?

Que sí!!!

En una semana vuelvo y nos ponemos tb en los recreos

Aunque las horas en el instituto pasaban despacio, aquella última semana de convalecencia transcurrió muy deprisa. Estaba comenzando octubre cuando la puerta del aula se abrió y detrás apareció Gabi, en delicado equilibrio sobre un par de muletas. Era primera hora y volvía a tocarnos Lengua.

—Hombre, por fin tenemos aquí al enfermo —sonrió Ojos de Huevo.

Después se apresuró a abrirle paso torpemente hasta su sitio de siempre. Al verlo vacío, Gabi echó un vistazo desconcertado alrededor. Hasta que me descubrió al otro lado de la clase.

—Mira, Lobo —me cuchicheó Valeria con malicia desde el asiento de atrás—. Tu amiguito.

Contesté con un gruñido desganado. No me acerqué a ayudar ni a decir hola. Me conformé con levantar la mano con un gesto desvaído para saludarlo desde la distancia. Gabi me devolvió el saludo sin entender nada. Como no le resultaba fácil ponerse en pie, no pudo acercarse a mí entre clase y clase, pero yo sabía que tarde o temprano tendría que darle una explicación.

Fue más temprano que tarde. Justo antes del recreo, me topé con su ancha figura bloqueándome el paso fuera, al otro lado de la puerta. Literalmente, me cortó el paso con una de las muletas.

—Oye, ¿qué pasa? —me preguntó—. ¿Te has cambiado de sitio?

—Ya ves —respondí con vaguedad.

—¿Pero piensas quedarte ahí o qué?

—Es que ya me he acostumbrado. Veo mejor.

—Ya —replicó.

Por un momento pensé que no iba a decir nada más, pero entonces me descubrió mirando algo por encima de su hombro. Volvió la cabeza con dificultad, tratando de mantener el equilibrio. Más allá, desde el fondo del pasillo, Hernán y los demás nos vigilaban con ojos burlones. Se habían quedado rezagados intencionadamente en el camino hacia el patio.

—Oye —murmuró entonces Gabi—. ¿Te estás juntando con esos?

Me irritó su forma de hablarme, como si fuera un niño pequeño. Habría querido decirle que yo me juntaba con quien me daba la gana, pero me conformé con encogerme de hombros. Molesto por mi mutismo, Gabi resopló y cambió el peso de una muleta a la otra.

—Al menos podías haber tenido los huevos de decírmelo —gruñó después.

—También tú podías haberme dicho que eras una chica —murmuré.

Sabía que no lo era. Que no lo había sido nunca. En el fondo, aquella acusación fue solo un modo cobarde de conseguir que se alejase de mí. De quitármelo de encima.

—¿Qué? —masculló.

Me había oído perfectamente, así que guardé silencio.

—Es que soy un chico — añadió al fin—. Y tú eres subnormal, tío.

A continuación estrujó los mangos de las muletas entre los puños. Tuve que apartarme cuando tomó impulso y enfiló el pasillo en dirección opuesta al recreo.

—Uuuh —bromeó Valeria después, cuando me junté con

ellos en nuestro rincón del patio—. ¿Por qué estaba tan enfadada la machorra?

—Yo qué sé —dije, repitiendo para mis adentros el insulto que acababa de recibir. Me ayudaba a concentrarme en seguir enfadado para no comenzar a sentirme culpable.

—Le habrán pinchado hormonas aprovechando lo del pie —se burló Tuerto.

Entonces Hernán alargó la mano hacia mi bolsillo, por donde asomaba, como de costumbre, un rotulador. Lo sacó de allí sin permiso y luego me lo puso en la mano.

—Toma, dibújala —dijo.

—¡Eso, haz a la Gabi! —voceó Valeria. Así lo dijo: «la Gabi».

Estaba tan enfadado que no tuvieron que insistirme demasiado. Antes de darme cuenta, ya tenía trazada su imponente silueta en mi cuaderno. Lo hice aún más corpulento de lo que era en realidad. Por lo demás, era una caricatura corriente, no demasiado cruel. Cuando estaba a punto de ponerme con los detalles, sin embargo, Yasir añadió una última sugerencia:

—Pero en bolas, hazla en bolas.

—¡Tú siempre quieres que dibuje a todo el mundo en bolas! —exclamó Valeria, desternillándose de risa.

Fingí no haberlos oído. Aquella era una frontera que no estaba dispuesto a traspasar. Especialmente con Gabi. Incluso si acababa de perderlo como amigo.

—Eso, hazla desnuda —repitió entonces Hernán, poniéndome la mano en el hombro. Y viniendo de él no era una sugerencia, sino algo que iba más allá.

Hasta entonces lo más difícil había sido complacerlos para que me aceptasen en su pandilla. En aquel momento supe que oponerme a ellos, negarles algo, sería aún más complicado. En vez de una negativa directa, pensé que lo más astuto sería ofrecerles algo a cambio.

Lo hice sin gestos ni palabras, simplemente deslizando mi rotulador sobre la silueta de Gabi. En vez de desnudarlo como pretendían, lo cubrí con el mismo atuendo infantil con el que lo había visto en su foto de preescolar: la goma de pelo verde chillón y el vestido salpicado de mariquitas.

Por supuesto, no era una elección inocente, pero tampoco esperaba un resultado tan grotesco. Parecía un gigante disfrazado de niña pequeña. Mientras detallaba el estampado del vestido, recordé un dato que había aprendido en el colegio a raíz del asunto de Martina: que, irónicamente, también las mariquitas son escarabajos.

La vida de Gabi y la mía, ambas marcadas por aquel maldito insecto. Y yo, traicionándonos a los dos.

—Es que lo clava, el tío —comentó Yasir, satisfecho a pesar de todo.

Hernán, en cambio, no miraba al dibujo, sino a mí. Parecía estar valorando el sutil desafío que acababa de lanzarle al desoír su orden. Al fin, para mi sorpresa, terminó obsequiándome con uno de sus amistosos manotazos en la espalda. Tan breve que no pudo notar el suspiro que se me escapó.

Por tímida que hubiera sido mi provocación, con ella parecía haberme ganado algo de su respeto. Quizá porque es lo mismo que hubiera hecho él. Después de todo, él era el auténtico lobo del grupo, y a un lobo no le importa la opinión de las ovejas.

Quise cerrar el cuaderno para olvidar de una vez todo el

asunto, pero antes Tuerto sacó el móvil del interior de su chaqueta. Aunque las normas prohibían llevarlo al centro, casi todos lo traían de todas formas.

Apenas escuché un suave chasquido cuando sacó una foto del dibujo con su teléfono.

—¡Ay, pásamela! —pidió Valeria con su voz chillona.

MALDITO TRAIDOR, ¡ME HAS VENDIDO!

¡HACED CALLAR A ESE BICHO!

HAS HECHO BIEN EN ACEPTAR MI OFERTA, LOBO.

TE ESPERA UN GRAN FUTURO EN NUESTRA PATRULLA.

MUY SENCILLO... ÚNETE A NOSOTROS PARA ACABAR CON TODOS ESOS MONSTRUOS.

¿QUÉ TENGO QUE HACER?

CAPÍTULO 21

Aquella noche, soñé con mi antigua casa.

Estaba solo, subiendo en el ascensor, cuya luz fluorescente parpadeaba igual que siempre. Sin embargo y para mi sorpresa, la cabina no se detenía al llegar al último piso, sino que seguía elevándose como si hubiera atravesado el tejado y ascendiera en línea recta hacia el cielo. Los números de la pantalla digital se hacían cada vez más grandes. Once, doce, trece... La maquinaria zumbaba suavemente.

Alarmado, yo levantaba la vista hacia el espejo, y allí descubría que en realidad no me encontraba solo. Reflejado en el cristal, a mi espalda, estaba Gus. Sonreía.

Mi excompañero de clase había adelgazado mucho en los últimos años de colegio, pero en mi sueño lo vi tal y como era antes, con nueve o diez años. Su sonrisa mofletuda era la de aquella época, y entre las manos sostenía un paquete envuelto en papel brillante que no me costó reconocer. Era el que me había regalado por mi décimo cumpleaños. Ese cuyo contenido nunca he logrado recordar.

—Felicidades —me decía, con una mueca burlona.

Al principio, yo me negaba a aceptarlo. No sabía por qué, pero me daba miedo. Gus insistía, arrinconándome con la barriga contra el espejo hasta que a mí no me quedaba más remedio que tomar el paquete para desenvolverlo. El papel dorado crujía según lo iba haciendo trizas entre las manos.

Lo que encontraba en su interior era mi máscara de lobo.

No era exactamente la misma careta que había robado del bazar, sino una versión mucho más realista, forrada de pelaje negro y áspero. Al tacto, la nariz y el interior de las orejas rezumaban humedad. Olía mal y los ojos eran agujeros vacíos e irregulares.

Era entonces cuando advertía con horror que aquella cosa no era en realidad de plástico, sino que había salido de un lobo de verdad. Espantado, se la volvía a arrojar a Gus con repugnancia.

Sin embargo, la persona que en mi sueño recogía la máscara ya no era Gus. Su cara rolliza y sudorosa se había transformado en la de Gabi. Hasta aquella noche, jamás me había dado cuenta de lo mucho que ambos se parecían. Al menos no conscientemente.

—¿Qué es esto? —preguntaba Gabi, al verse con aquella cosa peluda y repugnante entre las manos—. ¿Qué es esto, tío?

Seguía gritando lo mismo una y otra vez, más y más excitado. Sus voces se confundían con los chirridos del ascensor, que había empezado a acelerar. Tal vez porque de repente ya no íbamos hacia arriba, sino hacia abajo. Y cada vez más rápido, como si la caja se hubiera soltado del cable de tracción. La alarma de emergencia no conseguía ocultar los berridos de Gabi.

—¡¿Qué es esto?! ¡¡¡Qué es, Jacob!!!

Me desperté cuando parecíamos a punto de estrellarnos contra el suelo.

Mi cuarto estaba en penumbra. A un lado de mi cama, algo seguía sonando insistentemente. Lo que había tomado por una alarma no eran sino los irritantes pitidos de mi móvil. Después de inspirar profundamente, lo busqué a tientas entre las sombras. Aunque tras la persiana a medio bajar pude ver que aún era de noche, ya se oían pájaros cantando fuera. Debía de faltar poco para el amanecer.

Una luz azulada me deslumbró cuando desbloqueé la pantalla y revisé, con los ojos entrecerrados, el torrente de notificaciones que acababa de recibir. Todos los mensajes eran de Gabi.

> Muy graciosa la caricatura, tío. Felicidades
>
> Deberías dedicarte al humor
>
> Seguro que tus nuevos amigos se mean contigo
>
> Por cierto, métete tus dibujos donde te quepan
>
> Todo lo que tienes de buen dibujante…
>
> lo tienes de mala persona

La vergüenza me hizo apretar los ojos al imaginar mi caricatura multiplicándose, rebotando entre los móviles y las redes de mis compañeros hasta aterrizar en el teléfono de Gabi.

La lista de mensajes seguía y seguía, volviéndose cada vez más desagradable. Y, aun así, supe que no era ni la mitad de lo que merecía.

Gabi me había acogido en el instituto sin importarle quién era yo ni de dónde venía. No le preocupaba que yo fuera popular, un marginado o el mayor cobarde del mundo. Se había aproximado a mí sin esperar nada a cambio, venciendo pacientemente mi aspereza, como quien se acerca a un animal salvaje para alimentarlo.

Y, a cambio, yo le había mordido la mano. Exactamente igual que Gus había hecho conmigo.

«Mejor él que yo», volví a pensar, pero aquello solo me hizo sentir aún peor persona.

Sabía que no tenía disculpa posible, pero de todos modos intenté articularla con mis pulgares temblorosos. Así, en la oscuridad de mi habitación comencé a teclear un largo párrafo lleno de excusas, de frases inconexas, de emojis de arrepentimiento y de vergüenza.

Era esa hora de la madrugada en la que la cabeza aún no ha acabado de despertar, pero también en la que uno está dispuesto a hacer las mayores confidencias. Ese momento en que uno se permite mostrarse tal cual es porque a su alrededor no hay más que oscuridad y silencio.

Lo vomité todo atropelladamente por el teléfono. Todo eso que solo yo sabía. Las razones por las que había accedido a dibujarlo así, el miedo que en realidad me inspiraban Hernán y sus amigos, mi largo historial de acoso en el colegio. Aquello no era solo una disculpa, sino una confesión. Un grito de auxilio.

No me molesté en releer aquel mensaje infinito, sino que pulsé directamente el botón de enviar.

Después estuve tumbado largo rato con los ojos abiertos y el móvil entre las manos, pero no sonó de nuevo. Quizá Gabi había vuelto a dormirse, así que esperé temblando a que se hiciera de día para abrir de nuevo nuestra conversación. Por desgracia, no solo no lo vi en línea, sino que tampoco pude ya consultar su última hora de conexión. Ni siquiera había señal alguna de que hubiera recibido mi mensaje.

Entonces supe que me había bloqueado, que mis palabras quedarían atrapadas para siempre en el móvil y en mi cabeza.

Aún estaba pensando qué hacer cuando un nuevo mensaje resbaló por la pantalla. Procedía de un número desconocido, pero incluso sin ampliar la foto de perfil reconocí la línea afilada de aquel mentón.

Era el de Hernán.

> Buenas, Lobo
> Hemos quedado en el Bosque a primera
> Te vienes?

CAPÍTULO 22

Llamaban el Bosque a un parquecillo que quedaba detrás del instituto.

En realidad, de bosque tenía poco, salvo lo descuidado que estaba. Apenas un triángulo de tierra poblado por unos cuantos árboles raquíticos rodeados de matojos de los que nadie parecía ocuparse. Entre ellos se alzaban unos columpios roídos por la humedad. Tampoco importaba mucho, porque por allí no solía acercarse ningún niño. Quizá por eso el lugar tenía ese aire de melancolía y abandono, especialmente durante aquel mes de octubre.

Ahora que lo pienso, era un bosque miserable, a la medida de un lobo como yo. En aquel parque, medio oculto en un rincón, estaba nuestro banco.

Y digo «nuestro» porque, poco a poco y sin darme cuenta, también yo empecé a habitarlo junto a Hernán y los demás.

Gabi me lo puso fácil al desaparecer por completo de mi vida. No me desbloqueó de sus redes, pero tampoco volvió a hacerme ningún reproche ni a forzar un encuentro en los pasillos; ni siquiera a mirarme. Incluso pareció olvidar que yo aún conservaba en casa algunos de sus cómics. Simplemente era como si para él me hubiera esfumado igual que los demás, como si al fin me hubiera convertido en nadie. Como si el asiento junto al suyo siempre hubiera estado vacío.

Mientras, yo empecé a pasar más tiempo con mis nuevos amigos. Nos juntábamos en el parque después del instituto, o los fines de semana o cuando decidíamos saltarnos alguna clase. Bueno, más bien cuando ellos lo decidían. Yo me limitaba a seguirlos, secretamente feliz de que aceptasen mi compañía. Si encontrábamos a otros alumnos ocupando nuestro banco, no hacía falta pedirles que se levantasen. Ellos mismos se alejaban prudentemente al vernos llegar.

Yo seguía llevando conmigo mi cuaderno. En parte porque eran mis dibujos lo que me anclaba al mundo, como un niño que se abraza a su juguete favorito cuando está asustado. Y en parte porque era lo que todos esperaban de mí.

Seguía siendo el chico callado, el que garabateaba casi sin hablar, el que no estorbaba. Pero ellos ya no parecían interpretar mi silencio como un signo de debilidad, sino de hombría y de indiferencia. Yo alimentaba aquella imagen de tipo duro con aspereza, repitiendo sus palabrotas, riendo sus crueldades.

Era, en pocas palabras, mi nuevo disfraz.

En el extremo opuesto a mí estaba Valeria. En ella, todo era tan grande y exagerado como sus pendientes. Su voz, su modo de sentarse, la forma en que mascaba chicle mostrando los dientes, su charla inacabable. Casi nunca trataba de un tema en particular, sino que saltaba de una cosa a otra como si necesitase oír continuamente su voz.

—Y la dejé de seguir, tío —estaba explicando aquella mañana—. La dejé de seguir, y espérate que a lo mejor la bloqueo. Mira qué ropa me lleva. *Mírala* el pelo. Y es que no tiene gracia, tío, no tiene gracia. A ver, que si se quiere creer influencer, muy bien, pero…

Hablaba, como casi siempre, con la pantalla de su móvil vuelta hacia nosotros.

—Pásame su perfil —la interrumpió Tuerto.

Valeria deletreó un enrevesado nombre de usuario, que Tuerto se apresuró a teclear en su teléfono. Era el tercer móvil que le veía en pocas semanas. Ninguno parecía nuevo, porque todos tenían muescas de arañazos y pegatinas. No sabía de donde los sacaba y prefería no preguntar.

—Cómo os pasáis los dos —rio Yasir, al asomarse a leer el mensaje directo que su amigo acababa de enviar a la chica.

No supe qué ponía, porque Tuerto no hizo ni intención de enseñarme su pantalla como a los demás. De todos ellos, era el que más parecía desconfiar de mí. A veces lo descubría vigilándome con gesto hosco, como si me considerase un intruso. Alguien que lo había desplazado un tanto del grupo, de su posición privilegiada junto a Hernán. No sabía de dónde venía su feo apodo, pero parecía llevarlo con orgullo. Él, que podría haberse convertido en una víctima fácil, había encontrado su hueco entre los más populares de la clase. Así de fuerte era.

—Me meo —exclamó Valeria, deslizando machaconamente el dedo sobre la pantalla—. Espera, ponle también algo a esta.

—¿Y qué me das a cambio? —preguntó Tuerto, poniéndole una mano en la rodilla que ella se apresuró a apartar.

—Pues como no quieras un chicle… —replicó, haciéndose la tonta.

—Dame a mí uno —dijo Hernán mientras acercaba la mano.

—Un chicle, vaya mierda —gruñó Tuerto.

—Este lo que quiere es otra cosa —comentó Yasir, levantándose para huir del golpe que intentó propinarle su amigo.

Yasir no solo era el más afable, sino también el más inquieto. En vez de permanecer sentado junto a nosotros, iba y venía por el parque arrancando ramitas de los matorrales o ejercitándose en los columpios. A veces también se acercaba a otros grupos, sobre todo si había chicas sentadas. No sé lo que les decía, pero ellas parecían divertirse a su lado.

Aquel día, Hernán seguía sus movimientos con más interés del habitual.

—Oye, ¿conoces a esa? —le preguntó a Yasir cuando este regresó junto a nosotros.

Alcé la vista hacia una chica desgarbada y vestida de oscuro, que estaba sola en uno de los bancos, con las piernas cruzadas. En aquel momento no me llamó mucho la atención.

—Ha entrado nueva este año, pero creo que repite —respondió Yasir, y luego sonrió con malicia—. ¿Por?

—Está buena —respondió Hernán—. Anda, Lobo, dibújamela.

Me permití un bufido de protesta, pero luego abrí el cuaderno con resignación. Apenas había empezado a abocetar cuando alguien apareció entre los árboles.

—Mira, ya está ahí la Ari —anunció Valeria.

Era la chica que se había sentado a fumar a mi lado en mi

primer encuentro con el grupo. No iba a nuestra clase, pero se juntaba con nosotros cada vez más a menudo y todos la aceptaban de buen grado. Vivía con dos tías suyas a las que no aguantaba, no estudiaba nada y andaba siempre vagabundeando por ahí. Tampoco hablaba mucho, igual que yo. Por lo menos no lo hacía para llamar la atención. Prefería charlar con cada uno por separado. Incluso conmigo.

Mejor dicho: sobre todo conmigo.

—¿Quién es? —me preguntó aquel día, inclinándose sobre el respaldo del banco para fijarse en los primeros trazos de mi cuaderno.

—Esa de ahí —señalé, y ella resopló celosamente sobre mi nuca—. Me ha pedido Hernán que la dibuje.

—Se te va a cansar la mano de tanto pintar…

Hablaba con un suave acento colombiano, a veces con palabras que yo apenas conocía, mientras el humo del cigarro se le filtraba a través del flequillo.

—No —murmuré, sintiendo en el cuello las cosquillas de su melena.

—La mano se le cansa de otra forma —rio Hernán al oírla. Como siempre, todos celebraron ruidosamente la broma.

De entre todos, él era el que más atención recibía. El que decidía qué se hacía y cómo se hacía, si faltábamos a clase o escapábamos al parque, de quién había que reírse y de quién no. El jefe de nuestra pequeña manada.

—A ver si te pasa su teléfono —le dijo aquella mañana a Yasir, refiriéndose a la chica solitaria, pero sin apartar la vista de mi cuaderno.

Lo que Hernán no sabía es que a él también lo había dibujado. A solas, en mi cuarto. Con aquella misma cara complacida con la que examinaba mis dibujos. Los ángulos de su mentón, dulcificados por esa media sonrisa que te dirigía cuando tenías su aprobación.

Eso era lo que yo más deseaba en el mundo. Su aprobación. Demostrarle que eso que llevaba dentro, eso que había crecido en mí desde pequeño y que me había convertido en un marginado, en realidad era algo fiero. La semilla de un lobo como él.

CAPÍTULO 23

Grandes nubes grises echaban carreras tras las ventanas del instituto. Las impulsaba un viento irregular que sacudía los cristales y formaba remolinos con las hojas del patio.

También dentro del aula se avecinaba tormenta, aunque todavía no lo sabíamos. Era la última clase y estábamos todos cansados e inquietos. Ajeno a aquella agitación, Ojos de Huevo escribía con letra apretada en la pizarra.

—Y esa es otra de las diferencias importantes entre realismo y Romanticismo —decía, arrastrando mucho las palabras—. En el realismo, los héroes románticos y rebeldes se convierten en…

Hernán se desperezó ruidosamente a mi lado. Su bostezo apenas destacó entre el rumor general, pero al estirarse hizo caer al suelo un bolígrafo de la mesa de atrás. Valeria, su dueña, le arrancó un chirrido a la silla de Hernán al darle un empujón.

—Por favooor —gimió Aguirre, pero sin molestarse en apartar la vista de la pizarra.

Hernán se animó, feliz de haber encontrado al fin algo con lo que distraerse de la lección.

Sonriendo, se agachó para coger el boli de Valeria y lo lanzó contra el fondo de la clase. Ella le siguió el juego con una colleja que apenas logró rozar a Hernán. Tras apartarse ágilmente, él la atacó con su goma de borrar. Como venganza, Valeria pegó un puntapié en el fondo de la mochila de Hernán.

Al hacerlo, algo salió catapultado por la cremallera abierta y cayó frente a la pizarra con un ruido seco. Fue justo en aquel momento cuando Ojos de Huevo se volvió a mirarnos y descubrió a sus pies el pequeño objeto de cartón.

Era una cajetilla de tabaco medio vacía.

—¿De quién es esto? —dijo con suavidad, señalando con el zapato aquel paquete arrugado de cartón—. Por favor, responded, ¿quién ha tirado esto?

Me di cuenta de lo mucho que lo incomodaba aquella situación, el enfrentamiento directo con toda la clase. A pesar de todo, hizo lo posible por desempeñar su papel con confianza. Aunque parecía dirigirse a todos en general, sus ojos ahuevados iban y venían continuamente hacia nuestro rincón.

—No sé, profe —dijo Hernán, con una sonrisa inocente—. Será suyo, ¿no?

Muchos rieron. De entre todos los profesores, era Aguirre a quien se atrevía a retar más a menudo. El hombrecillo siguió haciendo lo posible por mantenerse firme.

—Esto es una cosa seria, Hernán —dijo—. Sabes que no podéis fumar en el centro, y menos siendo menores de edad.

—¿Pero ve a alguien fumando aquí? —replicó Hernán en tono burlón, y luego levantó la voz—. ¡Eh! ¿Hay alguien fumando?

—¿Esto es tuyo, sí o no?

—¡Que no, profe! —voceó él, como si estuviera genuinamente ofendido—. Me parece que es del de los granos. Va, Granos, dile que es tuyo.

El chico de la tercera fila ni siquiera lo miró, sino que chasqueó la lengua con desgana como si se negase a responder a la provocación. No obstante, reconocí en el fondo de sus ojos el desamparo que trataba de ocultar.

También advertí con sorpresa que ahora tenía un nuevo compañero de mesa: Gabi. Por lo visto, habían decidido juntar sus soledades en el mismo pupitre. Mi examigo no me miró, pero su voz clara y segura se alzó por encima de los cuchicheos que había levantado la acusación.

—El paquete ha venido de allí —manifestó, señalando inequívocamente hacia nosotros.

Aunque nuestros ojos no se cruzaron, me pareció que era un mensaje para mí. Su forma de decir «Te lo dije». «Te advertí con quién te estabas juntando».

—Hernán… —murmuró Aguirre, incapaz de desbloquear la situación—. Me vas a obligar a llamar otra vez a tu casa.

En las pocas semanas que llevábamos de curso, mi amigo había acumulado ya varios partes por faltas de asistencia y mal comportamiento. Si Aguirre llegaba a descubrir que había estado fumando en horario escolar, podían expulsarlo del centro. No sé si a Hernán le preocupaba realmente la amenaza, porque jamás hablaba de su familia ni casi de nada que no tuviera frente a los ojos. Como un lobo, él solo pensaba en el aquí y el ahora.

Por eso fui yo el que se levantó a recoger el paquete de tabaco.

—Es mío —dije, con todo el aplomo del que fui capaz.

Aguirre pareció tan sorprendido como aliviado. Sorprendido de ver que era yo el que me acusaba. Aliviado por no tener que seguir enfrentándose a Hernán.

—¿Tuyo? —murmuró.

—Sí.

Me costó sostenerle la mirada mientras bizqueaba en mi dirección.

—Muy bien —replicó él sin alterarse—. Dámelo y ven a verme a mi departamento después de clase.

Luego se echó el paquete al bolsillo de la chaqueta y volvió a la pizarra como si no hubiera pasado nada.

No tardé en sentir las palmadas silenciosas de Yasir y Valeria en los hombros. Hasta Tuerto me observaba con cierta sorpresa admirada. A Gabi seguía sin atreverme a mirarlo, pero me olvidé de él cuando Hernán susurró, con la misma sonrisa con la que recibía mis dibujos:

—Lobo, tío. Te debo una.

CAPÍTULO 24

Traté de recordar sus gestos de aliento más tarde, cuando subí por las escaleras en dirección contraria a la marea de alumnos que huían en tropel del centro.

Según me internaba en uno de los pasillos del fondo, fui poco a poco quedándome solo. Ya no oía sino ese eco de gritos lejanos que quedaba al vaciarse el instituto. Una pareja de profesores salió discutiendo por una puerta verde sin reparar ni por un momento en mí.

Aquel era, según la placa clavada en la pared, el departamento de Lengua y Literatura.

Por dentro, la sala se me antojó tan triste como el propio Aguirre. Las luces fluorescentes de la sala revelaban la fealdad verdosa de cada rincón, aliviada tan solo por un par de plantas mustias y algún que otro póster. Dentro no quedaba nadie más que mi profesor.

—Ah, Jacob —me saludó desde su mesa, colocada de espaldas a la única ventana—. Pasa.

Me senté en la silla que me ofrecía y esperé en silencio el chaparrón que estaba por llegar. Fuera ya había empezado a llover.

—Bueno —suspiró él, sacando la cajetilla de su bolsillo—. Entonces dices que es tuya, ¿no?

—Sí.

—Sabes que debo comentar esto con tu tutora, ¿verdad?

Asentí, sabiendo el precio que tendría que asumir por mi heroicidad. Porque eso era, en mi opinión, lo que estaba haciendo: un gesto heroico, como los de los protagonistas de mis películas. Entonces, para mi sorpresa, él se acodó en su mesa y sonrió amistosamente. Aquello me desconcertó.

—Perdona que te lo diga así —continuó—, pero no me lo acabo de creer. Más bien me da la impresión de que estás intentando encubrir a alguien.

Así, en la soledad de su despacho, hablaba con mucha más confianza, pero su aspecto también resultaba más lamentable. Tenía las manos blancas y huesudas, y la cara surcada por venas diminutas que se extendían como arañas desde la nariz a las mejillas. Las uñas, secas y grisáceas, parecían escamas astilladas de un cuerno. Aunque no debía de ser mayor que mi padre, todo en él desprendía un enfermizo aire de debilidad.

—No estoy encubriendo a nadie —dije, tozudo.

—He visto que últimamente te juntas mucho con Hernán —dejó caer él entonces, jugueteando con la cajetilla. Era evidente que me estaba lanzando un cebo.

Yo fruncí el ceño, como si ignorase a dónde quería ir a parar. En realidad, lo sabía perfectamente.

—A lo mejor piensas que los profesores no nos enteramos de nada, que solo estamos aquí para torturaros —continuó—. Pero te aseguro que vemos más de lo que parece y que intentamos ayudar en lo que podemos.

Seguí callado, molesto por su condescendencia.

—No digo que esos chicos con los que vas sean mala gente —aclaró, y por el modo en que lo dijo supe que eso era exactamente lo que pensaba—. Pero sí han tenido algunos problemas en cursos anteriores con otros alumnos. Problemas serios, ¿sabes?

No sé si se refería a Gabi o a otro, pero tampoco pregunté. Como si hubiera adivinado lo que pensaba, él añadió:

—Hace mucho que no te veo con Gabi.

Nuevo silencio.

—¿Ya no vas con él?

—No mucho —mentí. Literalmente, no había vuelto a cambiar una palabra con mi excompañero de pupitre. De hecho, hacía todo lo posible por no pensar en él.

—Me gustaba veros juntos —añadió al fin—. Me da la sensación de que te pareces más a él que a los otros.

Eso me irritó todavía más. Era como si pudiera ver a través de mi disfraz, como si creyese saber exactamente quién era yo. O quién había sido hasta hacía solo unas semanas. No me temía como a Hernán. Continué en silencio, pero hice lo posible por componer un gesto aún más hosco.

—¿Has leído ya *Frankenstein*? —preguntó entonces, sin venir a cuento.

Al principio me quedé desconcertado. Luego recordé que era la primera lectura que teníamos para el curso. El libro seguía en mi habitación, perdido por alguna parte. Posiblemente, bajo un montón de bocetos de Lobo.

—No.

—Pues deberías empezar ya. No quiero estropearte la historia, pero al menos déjame que te cite unas palabras del monstruo —dijo, y luego hizo una pausa antes de recitar lentamente—. «Me vengaré de mis sufrimientos; si no puedo inspirar amor, desencadenaré el miedo».

Me encogí de hombros. Él, desalentado, volvió a suspirar.

—Te lo digo por experiencia, Jacob —dijo, casi con un gemido—. Aunque ahora te cueste imaginarlo, también yo tuve tu edad una vez.

En realidad, podía imaginarlo perfectamente. Estaba seguro de que Aguirre había sido un niño tan débil como yo. Un blando, un pusilánime, un marginado, un cobarde. Un cordero incapaz de defenderse. Eso que tanto detestaba mi padre y que también yo había empezado a odiar, igual que me odiaba a mí mismo.

Si Aguirre intentaba de algún modo que volviera a ser como antes, había conseguido el efecto contrario. Ahora me daba igual el precio a pagar con tal de no acabar como él: un perdedor humillado por sus propios alumnos.

—Bueno —terminó el profesor, alzando otra vez el paquete de tabaco—. ¿Entonces?

—Es mío —afirmé con rotundidad.

Aguirre suspiró por última vez y luego me acompañó fuera del despacho. Antes, sin embargo, me devolvió la cajetilla de tabaco.

—Espero sinceramente que esto no te traiga problemas —dijo al fin.

No sé si se refería a mis padres o si pensaba en algo más.

CAPÍTULO 25

—¡¿Cómo que no es tan grave?!

Mamá se había encerrado en el baño para discutir por teléfono con mi padre. Mientras, en mi habitación, yo rellenaba con trazos frenéticos una viñeta de Lobo que iba ensombreciéndose como mi humor. Hacía tiempo que había dejado apartado el cómic de Gabi al fondo de un cajón. Me resultaba insoportable verlo.

—¡No, no son cosas de niños! —oí gritar a mi madre—. ¡Son exactamente lo contrario! Si Jacob no te viera hacerlo a ti... Ah, perdóname, había olvidado que hace tiempo que no te ve.

Apenas había pasado una hora desde su larga conversación telefónica con mi tutora. Por suerte, la bronca que me cayó justo después fue interrumpida por una llamada que descolgó mamá. Era mi padre, para felicitarme.

Sí, volvía a ser mi maldito cumpleaños.

No se lo había dicho a nadie en clase, y en casa apenas habíamos tenido tiempo de celebrarlo antes de que mi madre se enterase del asunto del tabaco. El papel de mis regalos seguía hecho jirones sobre la mesa del comedor.

—¿Te han pillado fumando, Jacob? —preguntó a mi espalda la irritante voz de Amanda.

—Más o menos —masculló.

—Fumar es muy malo —me aleccionó ella, como si me estuviera revelando algo extraordinario.

—Entonces será que yo también soy malo —gruñí—. Así que vete acostumbrando.

Luego la eché de mi habitación y seguí garabateando hasta que oí acercarse un furioso taconeo. Si una cosa ponía furiosa a mamá es que mi padre le cortase una conversación de golpe.

—Y encima me cuelga… —venía rumiando por el pasillo—. ¡Y encima me cuelga!

No solo me había echado en cara lo del tabaco. Por lo visto, mi tutora también le había insinuado que mi comportamiento en clase estaba empeorando desde que me había rodeado de malas compañías. Al menos esa fue la expresión que usó mamá, «malas compañías». Luego me reprochó la cantidad de problemas que ya tenía como para que encima empezara a saltarme clases para ir por ahí a fumar con mis nuevos amigos.

—Lo siento —fue lo único que se me ocurrió decir, aunque sin sentirlo realmente. Al menos no de la forma que ella creía.

Al regresar a mi cuarto, mamá ya no se mostró tan disgustada, sino más bien rencorosa y seca.

—Que felicidades de parte de tu padre —me informó—. Que ya te llamará él más tarde.

—¿No va a venir? —curioseó Amanda desde la puerta.

—Se le ha complicado el trabajo —respondió, y luego creí oírla murmurar «para variar»—. Dice que intentará acercarse el fin de semana.

Ella tampoco podía quedarse porque le tocaba doblar turno en el restaurante. No me importó tanto que se fuera como el hecho de que también a ella pareciera darle igual dejarme solo. Era su modo de demostrar lo enfadada que estaba. El furioso taconeo con el que recorría la casa mientras se arreglaba fue, sin embargo, apagándose poco a poco.

—Ya haremos algo mañana —prometió al despedirse, más conciliadora—. Vamos a olvidarlo porque es tu cumpleaños, pero al menos haz el favor de cuidar de Amanda. ¡Y no fumes si no quieres que te castigue en serio!

Como si ocuparme de mi hermana no fuera ya suficiente castigo.

Me deshice de ella en cuanto mamá salió por la puerta y me dejé caer sobre la cama con el móvil. Solo tenía un mensaje de Ari, con la que llevaba unos días charlando por privado. Había discutido con sus tías y me preguntaba si no pensaba bajar al Bosque aquella tarde.

«Tú te peleas con tus tías y yo tengo que cuidar de mi hermana», repliqué, acompañando la respuesta de una larga fila de emojis rojos y rabiosos. Luego, sin pensar mucho en lo que hacía, añadí en letras mayúsculas: «EN MI CUMPLEAÑOS».

WTF? Es tu cumpleaños y no me lo dijiste
Felicidades!!!

De hecho, era la primera persona a la que se lo contaba. Hacía muchos años que solo lo celebraba con mi familia. Me decepcionó un poco ver que Ari se desconectaba después de leerme, así que seguí dibujando un rato mientras Amanda correteaba por la casa. Al rato, sin embargo, recibí un nuevo mensaje.

Oye, cuál es tu piso?

Por?

Ari me había preguntado alguna vez dónde vivía, pero jamás hubiera pensado que pudiera presentarse en casa sin avisar.

—¿Qué pasa? —voceó Amanda al escuchar el telefonillo—. ¿Quién es?

—¡Nadie, quédate en tu cuarto! —le ordené.

Notaba martillazos de sangre en las sienes mientras recorría nuestro piso diminuto, tratando de ocultar todo aquello que me avergonzaba. Todo aquello que podía revelar quién se ocultaba en realidad bajo mi disfraz de lobo.

Los muñecos de la estantería, la foto del recibidor en la que llevaba a Amanda a caballito, mis ridículas zapatillas de andar por casa, un viejo dibujo que colgaba de mi puerta y con el que había ganado un concurso escolar. Al asomarme a revisar mi habitación, me pareció la de un niño pequeño y me apresuré a cerrarla.

En cualquier caso, tampoco pude hacer mucho antes de que un insistente timbrazo me obligase a abrir la puerta.

—¡Sorpresaaa! —atronaron varias voces en el diminuto descansillo.

Ari no venía sola, sino que apareció acompañada de Hernán y los demás. Traían la cara congestionada por el frío y un par de bolsas de plástico, tan pesadas que les dejaban marcas blancas en los dedos helados. Cuando ellos mismos se invitaron a entrar, en la más grande se oyó el inconfundible tintineo de las botellas de cristal.

—Eh, Lobo —me saludó Hernán, cerrando la puerta de un talonazo—. Tranqui, que no vamos a dejar que pases tu cumpleaños solo.

Fue así como comenzó la primera fiesta sorpresa de mi vida.

CAPÍTULO 26

—Pero relájate —me dijo Ariadna, después de retirar el papel de regalo de la mesa del comedor y desparramar sobre ella el contenido de las bolsas.

—Si estoy relajado… —repliqué.

No era cierto. No podía. Mis nuevos amigos iban y venían por mi casa curioseando y tocándolo todo. Abrían los armarios de la cocina en busca de vasos y servilletas, descolgaban las fotos del pasillo para examinarlas con aire divertido y se asomaban a la ventana del patio donde colgaba, todavía húmeda, la ropa interior de Amanda.

Mi hermana seguía refugiada en su cuarto como un gato asustado, pero aún se atrevió a hacer una última incursión en el pasillo para preguntarme quién era toda aquella gente.

—Amigos míos —respondí, haciéndola retroceder con firmeza—. Tú quédate aquí. Luego te dejo elegir lo que vemos en la tele.

Al fin, conseguí reunirlos a todos en el minúsculo salón, en cuyos sofás se arrellanaron cómodamente. Tanto que Valeria plantó una de sus botas llenas de barro sobre los cojines.

Tuerto la imitó, pero no descuidadamente, sino con toda la intención. No me atreví a decirles que las retirasen de allí.

—Bueno, me sirve alguien o qué —dijo ella, acercando su vaso.

Tuerto fue el primero en destapar una botella. Había alguna cerveza, creo, pero sobre todo botellas de licor. No me paré a pensar quién se las había vendido o quién las había comprado por ellos. Más bien pensaba en cómo podía decirles que, quitando un par de sorbos de cava por Navidad, apenas había probado el alcohol en mi vida. Y que tampoco me apetecía repetir.

—Pero cómo no vas a beber si es tu cumpleaños —razonó Yasir, que amontonaba con cuidado las cáscaras de sus pipas sobre la mesita del teléfono.

—¡Que be-ba, que be-ba! —lo jalearon los demás, pateando el suelo.

Al final acepté un vaso lleno de líquido rosa que olía a desinfectante. Haciendo de tripas corazón, probé un trago. Ya tenía mal gusto al paladar, pero lo peor fue sentir cómo me abrasaba la garganta.

—Que se lo está bebiendo a palo seco, el tío —anunció Tuerto con regocijo.

A Yasir le temblaba el pulso de risa cuando me rellenó el resto del vaso de refresco. Aunque seguía sabiéndome mal, me resultó más tolerable. A los pocos sorbos, noté que me bajaba por las piernas algo parecido a un escalofrío, solo que era cálido y reconfortante. El cuello se me aflojó al tiempo que un agradable vértigo me inundaba la cabeza.

Entonces, poco a poco, empecé por fin a relajarme. Apenas protesté suavemente cuando Hernán derramó unas gotas de licor sobre la tapicería.

—Es que mi madre se cabrea… —sonreí, extendiéndolas con la mano para evitar la mancha.

—Te la cambio por la mía sin conocerla —resopló él, y luego levantó el vaso hacia los demás—. ¡Por Lobo, que me ha librado de una buena!

Alguien, no recuerdo quién, sacó del bolsillo interior de su chaqueta un par de velas. Eran muy parecidas a las que habían coronado el pastel de mi décimo cumpleaños. No sé si fue aquel recuerdo o el alcohol lo que hizo que se me humedecieran los ojos. Quizá fue solo la gratitud que sentía en aquel momento hacia mis amigos.

Porque eso eran, más que nunca: mis amigos.

—Gra… gracias, chicos —dije, y la lengua se me trababa. Volví a beber para aliviar la pastosidad de la lengua. Mi padre llamó un par de veces por teléfono, pero no se lo cogí.

El resto de la fiesta se va oscureciendo en mi memoria como un túnel donde apenas brillan, aquí y allá, algunas luces.

Las velas encendidas sobre un pastelito de bollería industrial, música reproducida a todo volumen en algún teléfono, Tuerto intentando buscar con la boca el cuello de Valeria, golpes en el piso de abajo, Hernán enviando selfis a alguna chica, Yasir perreando sobre un sofá y luego vomitando en el retrete.

Y, sobre todo, Ariadna, cada vez más cerca.

Hasta entonces nunca me había fijado mucho en ella, pero aquella tarde su proximidad comenzó a marearme aún más que el alcohol. De algún modo, su rodilla había quedado encajada bajo mis corvas, y en aquel rincón blanco e inexplorado cada mínimo movimiento suyo aumentaba mi excitación.

—Me gustan tus orejas —sonrió, tan cerca que podía notar el olor a tabaco de su boca—. Como las de un lobo de verdad.

Estaba tan concentrado en intentar ocultar el temblor de mis manos que no se me ocurrió qué responder.

—Oye —me susurró, después de tontear un rato—. ¿Y si vamos a…?

Un chillido agudo en la puerta del pasillo arruinó el momento. Era Amanda, con el pijama manchado de refresco. Detrás venía Hernán, que había ido a fumar a la ventana del patio.

—¡Jacob! —gritó—. Este me ha empujado.

—No mientas, niña. —Mi amigo tenía la misma sonrisa inocente que solía dirigirle a Aguirre—. Yo te he dicho que la botella no era tuya. No es mi culpa si eres torpe.

—¡¡¡Jacob!!! —insistió Amanda, corriendo hacia mí con los ojos vidriosos.

Me volví un momento hacia mis amigos. Luego, el ácido reflujo que notaba en la garganta se mezcló con una estruendosa carcajada.

—Eres una dramas, enana —reí, y todos rieron conmigo.

Después de darle otro pijama y empujarla a su cuarto, la fiesta empezó a decaer. Los envoltorios pringosos y las botellas vacías regresaron a sus bolsas.

—Eh, tú —dijo Valeria tras propinar una colleja a Hernán, que seguía enfrascado en su teléfono—. Podrías ayudar un poco, ¿no?

—Eso lo hacéis mejor las tías —replicó él.

—¿Ya estás hablando con otra o qué? —preguntó Tuerto, incapaz de disimular su envidia.

—Con otra, no, con la del parque —sonrió Hernán—. Yasir me ha pasado su número. Ari, ¿te queda de liar?

—No —repuso ella, mostrando su bolsa de tabaco vacía.

Entonces corrí a mi habitación, a recoger la cajetilla que seguía al fondo de mi mochila. Estaba feliz y exaltado, y deseaba que la fiesta no acabase nunca.

Hernán guardó el paquete en su abrigo, no sin antes reservarse un cigarrillo tras la oreja. Ya estaba en el recibidor con los demás cuando se volvió para preguntarme:

—Por cierto, ¿qué te ha hecho al final el Aguirre?

—Decírselo a la Rambo —respondí. Era la primera vez que yo mismo llamaba así a la tutora, y me entró la risa—. No veas como se ha puesto mi madre.

—Joder con el Ojos de Huevo —comentó Yasir—. Si ni siquiera te ha visto fumando, ¿para qué dice nada?

—Deberíamos hacerle algo —replicó Hernán—. Pero algo gordo.

—Sí —asentí yo, todavía embriagado—. Algo gordo.

CAPÍTULO 27

Aunque la idea se me había ocurrido a mí, no esperaba que me tocase ser también la mano ejecutora.

—Pero si eres tú el que se llevó la bronca —me animó Hernán al ver que pasaban los días y yo seguía sin decidirme—. No me digas que te rajas.

—Qué va.

Una cosa era decirlo en la fiesta, excitado por el alcohol y la compañía, y otra llevarlo a cabo solo, en aquella mañana gris y emborronada por la niebla.

Salí de casa mucho más pronto de lo habitual. Lo hice sin dejar de palpar nerviosamente el diminuto envase que llevaba en el bolsillo. Procedía del mismo bazar del que había robado la careta de lobo, pero esta vez lo había pagado religiosamente, después de elegirlo con cuidado de entre otros muchos productos.

Apenas habían terminado de abrirse las verjas del patio cuando entré en el instituto. Olía a desinfectante y a goma de borrar. Luego, al llegar el primero a clase, dejé la puerta entornada y me dirigí a la silla del profesor. Las manos me temblaban tanto que tuve que desenroscar el tubo con los dientes. A continuación lo apreté sobre el asiento de piel sintética. El charquito de gel transparente apenas resultaba visible sobre la superficie negra. Lo extendí con el dosificador hasta convertirlo en una amplia maraña de hebras viscosas.

Por último, me deshice del envase encajándolo detrás de un radiador. Justo a tiempo de que no me vieran con él los primeros alumnos, que entraban ya en el aula con aire somnoliento, envueltos en sus abrigos.

Apenas recuerdo nada de lo que pasó después, aunque supongo que lo de costumbre. Mi aula llenándose de voces, de chirridos de sillas, de ruidos de cremalleras y conversaciones entre los pupitres. Mis amigos dejándose caer junto a mí con desgana, protestando por el frío y el sueño. Despertándose de golpe al revelarles lo que por fin me había atrevido a hacer. La sirena anunciando el comienzo de la jornada escolar.

Por último, Aguirre cruzando la puerta. Pidiendo silencio. Sentándose en su silla.

A cada minuto que pasaba, crecía la expectación y la impaciencia en nuestro rincón. Aquel día no había risas ni juegos entre los pupitres. El profesor parecía agradablemente sorprendido.

—Aprovechando lo callados que estáis —dijo, incorporándose—, me gustaría leeros un fragmento de…

Sus últimas palabras se perdieron en el ruido que sonó a continuación: raaas. Era la frágil tela de su traje desgarrándose como si fuera papel.

Cuando se volvió para mirar su silla, Aguirre dejó al descubierto el gran agujero en sus pantalones. Por allí asomaba la carne pálida y flácida de sus piernas, delgadas como palillos, y un buen retazo de ropa interior. Era fea, blanca y floja como él.

Había creído que el pegamento lo mantendría adherido a su asiento. Que tendría que quedarse un rato allí hasta que alguien viniera a ayudarlo. Lo que no esperaba era aquel patético espectáculo ni el alboroto que lo sucedió. Las risas feroces. Los alumnos chillando y dando palmadas en sus mesas. Las cámaras de los teléfonos móviles vueltas hacia el profesor, que se cubría con la chaqueta y voceaba algo imposible de entender en medio del tumulto.

—¡Ojos de Huevo, Culo de Pollo! —se escuchó, en cambio, como un grito de guerra.

Yo también reía, con escandalosas carcajadas de lobo que trataban de ahogar la amargura que me subía por la garganta. Aunque se parecía a la del alcohol, emanaba del recuerdo de una escena similar vivida muchos años atrás. Me cubrí las orejas con las manos heladas. No solo para ocultar que se me estaban sonrojando como brasas, sino para aplacar el fuego con el que ardían.

Seguí riendo y riendo. «¿Cómo he podido hacer esto?», pensaba, apretando los puños bajo el pupitre.

Aún recuerdo menos lo que sucedió después. Alguien, creo que una conserje, acompañando fuera al lloroso Aguirre, que no regresó en toda la hora. Nuestra tutora amenazándonos con dejarnos sin recreo hasta que alguien se decidiese a confesar. El silencio absoluto de la clase. Mis orejas, apagándose poco a poco. Y al fin Tuerto, deslizándose hasta mi mesa para dedicarme por primera vez una sonrisa que me dejó desconcertado.

—Buenísimo —me susurró, mirándome como a un héroe—. Eres un crac.

Poco a poco y clase a clase, las aguas fueron volviendo a su cauce. Al fin, cuando sonó la sirena del recreo, me levanté sin apresurarme y me puse con calma el abrigo para disimular mi turbación. Fue entonces cuando descubrí que alguien más se había quedado rezagado junto a su mesa. Era el chico con las mejillas cubiertas de acné, el que ahora se sentaba al lado de Gabi. Aunque tampoco él me había acusado frente a la tutora, ahora sus ojos estaban teñidos de reproche.

—¿Qué? —dije, incómodo al ver que me sostenía la mirada.

—Te has pasado —replicó, y su acento no sonaba suave como el de Valeria—. Te has pasado mucho.

Pude sentir que una nueva oleada de rubor me delataba.

—¿Qué dices?

—¿Qué hacías tú aquí solo a primera hora?

Aunque entonces no lo sabía, aquel fue un momento decisivo para el resto de mi historia. Tanto o más que la jugarreta contra Aguirre. Apenas tuve un segundo para pensar si debía derrumbarme y rogar que no me delatase, o reaccionar de inmediato y actuar.

Porque eso fue lo que finalmente escogí hacer: una actuación. Una demostración de fuerza y determinación como las de los justicieros de mis películas. Bajo mi apariencia tranquila, me tiritaba todo el cuerpo.

Irguiéndome como lo hubiera hecho Lobo, avancé despacio hacia el chico y, después de mirarlo de arriba abajo, le propiné una patada a la mochila que tenía a sus pies. Lo hice con tanta violencia que la bolsa llena de libros se deslizó unos metros sobre las baldosas hasta estamparse contra una mesa. El golpe me machacó la punta del pie, pero aproveché el dolor para componer un gesto amenazante y decir, en un susurro:

—Como me entere de que te chivas, la próxima va a ser para ti, Granos.

Ni siquiera me había dado cuenta de que ya no estaba interpretando al superhéroe, sino al villano.

CAPÍTULO 28

Durante aquellos últimos días de octubre, me convertí en el rey del mundo.

Al menos de aquel mundo pequeño que era mi nuevo grupo de amigos, mi clase, mi instituto, todo lo que cabía entre sus verjas rojas y oxidadas. Allí, arropado y admirado por mis amigos, empecé a sentirme más poderoso. Hasta me pareció que mi cuerpo volvía a enderezarse frente al espejo, que los hombros se me abrían, que mis piernas pisaban con más seguridad. Al verme caminar tan decidido, la gente se apartaba inconscientemente para dejarme paso. Podía incluso hablar a mis profesores a los ojos sin agachar la cabeza.

El chico de la tercera fila, en cambio, ni siquiera volvió a mirarme.

Dejé apartados definitivamente los deberes y, entre viñeta y viñeta de Lobo, comencé a ejercitarme haciendo fondos y flexiones en mi habitación. Aunque los resultados tardarían en apreciarse, me bastó con dejar de comportarme como un chico enclenque para que todos notasen un cambio. A veces no es tan importante ser fuerte como convencer a los demás de que lo eres.

No. En realidad es a ti mismo a quien debes convencer. Creerte el papel que representas.

—Tú has empezado a entrenar —comentó Yasir, palpándome los bíceps cuando me dejé caer a su lado en el banco.

Yo le contesté con un suave puñetazo en el hombro y, sin pedir permiso, le rodeé con el brazo la cintura a Ari.

—Eh, ¿qué vamos a hacer mañana por la noche? —preguntó ella, pegándose aún más a mí.

Al día siguiente era la fiesta de Halloween.

—Pues ponemos diez pavos para comprar bebida y pasamos la noche aquí —propuso Hernán.

—¿Aquí? —Valeria torció el gesto, acomodada en el respaldo del banco—. Bueno, lo que queráis, pero tenéis que disfrazaros. Que luego vengo yo sola vestida y quedo como una payasa, como el año pasado.

—Yo de disfrazarme paso —replicó Tuerto.

—Tú no necesitas disfraz —lo aguijoneó Yasir, antes de saltar ágilmente del banco.

—Yo voy a venir del Aguirre —rio Hernán—. Con un par de huevos duros lo tengo hecho.

Me esforcé por sonreír. Al igual que Gabi, el profesor había desaparecido de mi vida, o al menos no había vuelto a clase en toda la semana. Sin embargo, no pude evitar un nuevo mordisco en la conciencia al saber que había solicitado una baja temporal. La tutora nos lo comunicó con voz serena pero dura, después de anunciar que el asunto no estaba olvidado. Que acabaría por descubrir a los responsables de la agresión. Y que confiaba en que Aguirre regresase pronto.

—Ojalá no vuelva —masculló Tuerto, después de pasarme la botella que circulaba por nuestro banco.

La amargura de aquel sorbo menudo de cerveza se sumó a la que me producía pensar en el profesor. Mi malestar se suavizó cuando Hernán llamó mi atención con un codazo amistoso. El golpe fue a rozar mi axila, donde produjo un efecto parecido al de las rodillas de Ariadna bajo mis piernas.

Creo que por fin me consideraba realmente su amigo. Un lobo como él.

—Mira —me dijo, enseñándome su móvil—. Igual convenzo a esta de que se venga.

Al parecer seguía mensajeándose con aquella chica solitaria del banco. Yo creía que era un simple tonteo, pero resulta que a Hernán le interesaba más de lo que suponía. Aunque nunca la había traído consigo, a veces desaparecía durante el recreo para hacerle una visita.

Me asomé con los demás para ver la foto ampliada del perfil de la chica. Hasta entonces solo había visto de lejos su silueta flaca y un poco cargada de espaldas. La sonrisa de aquel selfi, sin embargo, me resultó extrañamente familiar.

Tardé un poco en reconocerla porque sus trenzas habían desaparecido, tenía el pelo más corto y la adolescencia había consumido sus mejillas, pero el colmillo afilado de su dentadura seguía ahí, inconfundible.

—Se llama Martina. —Hernán esbozó una de sus encantadoras sonrisas de niño inocente—. Y la tengo loca. Hemos quedado después de clase.

Agarré la botella, que casi se me había resbalado entre los dedos. Tuve la sensación de que era ella la que me estaba sosteniendo a mí.

—¿Qué te pasa? —me preguntó Ari—. Te está temblando el brazo.

—Nada —mentí, y mi voz volvió a sonar como la de aquel niño asustado.

Mis amigos comentaban a voces la fotografía, pero sus gritos me llegaban como un eco lejano y confuso. No era el alcohol lo que me mareaba, sino el miedo a que mi antigua compañera de colegio volviese a desmontar toda mi vida.

Era ella, la maldita Emperatriz de los Bichos, la que había empezado a arruinarla.

TRAS GANARSE LA CONFIANZA DE LA PATRULLA, LOBO DESPLEGÓ SOBRE LOS MUTANTES SU REINO DE TERROR...

¡SOC!

CREÍA ESTAR HACIENDO JUSTICIA, PERO SOLO BUSCABA VENGANZA.

ZIIIIP!

CRACK!

VENGANZA POR TODOS LOS AÑOS DE SOLEDAD.

VENGANZA CONTRA EL MUNDO ENTERO...

¡AHORA SOY INVENCIBLE!

AUUUUUUUU

NO ESTÉS TAN SEGURO...

¡LA LÍDER DE LOS MUTANTES LO HABÍA ENCONTRADO!

VOLVEMOS A ENCONTRARNOS, CHICA ESCARABAJO.

CAPÍTULO 29

Todavía seguía pensando en Martina cuando llegué a casa.

No podía parar de preguntarme si me habría reconocido en el parque, si le habría hablado a Hernán de mí. Si le estaba revelando en aquel preciso instante quién se escondía bajo mi máscara de lobo. Lancé las llaves sobre el cuenco del recibidor con tanta fuerza que el recipiente se balanceó sobre la cómoda.

—¡Jacob!

Supe que mi madre estaba enfadada antes incluso de llegar a la cocina. Amanda y ella me esperaban sentadas a la mesa, junto a un guiso que empezaba a enfriarse. Mamá tenía los labios fruncidos.

—Hola —saludé.

Mi madre no se anduvo con rodeos.

—Han vuelto a llamar del instituto —dijo—. ¿De dónde vienes?

Por toda respuesta, yo resoplé y destapé la cacerola para servirme mi ración. En aquel momento lo que menos me importaba era que me sancionasen por faltar a clase.

—No, si no hace falta que me lo digas. Habrás estado por

ahí, fumando con tus coleguitas, ¿no? Y no es solo eso. Por lo visto, resulta que en vez de estudiar ahora te dedicas a hacer el tonto y chulearte con ellos.

—Bueno, ¿y a ti qué? —me atreví a replicar, malhumorado—. Ya no soy un niño para que me andes controlando.

Mamá enmudeció un instante, pasmada por mi respuesta. Fue entonces cuando a Amanda se le ocurrió sacar a colación lo de la fiesta. Había conseguido que mantuviera la boca cerrada unos días, pero aún era pequeña y las promesas que hacía no duraban más que sus alegrías o sus rabietas.

—¿Son esos chicos que trajiste a casa?

—¿Tú qué dices, enana? —pregunté con toda la calma que pude, pero se me crisparon las manos alrededor de los cubiertos.

—Los de tu cumple —insistió ella—. Los que vinieron cuando mamá se fue.

—Que te calles —ordené, señalándola con el tenedor—. Esta cría es una mentirosa.

—Jacob —me advirtió mi madre, animando a Amanda a que continuase.

—Es verdad —dijo ella, tomando carrerilla—. También había chicas y bebieron y pusieron música y fumaron y dijeron palabrotas y…

Me alarmé al advertir que era el cuchillo lo que ahora tenía levantado hacia mi hermana. Lo dejé sobre la mesa y, a cambio, descargué mi rabia dándole una patada a su silla. No sé si la derribé yo o si fue la propia Amanda la que se tiró al suelo. El caso es que un segundo después estaba allí, llorando sobre los azulejos.

Aquella vez ni siquiera conseguí decir «lo siento».

Me quedé quieto, bufando como un animal, viendo cómo mi madre trataba de consolar inútilmente a Amanda. Quería decir algo, explicarme, llorar, pero al ruido de mi cabeza se sumaba el alboroto que había estallado en la cocina. Mi hermana seguía gimiendo e hipando cuando mamá comenzó a chillar.

—¡Apártate, Jacob! ¡Apártate y vete, que ya hablaremos!

Obedecí, pero no pude dejar de oírla mientras me dirigía a mi cuarto a grandes zancadas.

—Claro, por eso la ropa de la cuerda me olía a tabaco… ¡y por eso estaba manchado el sofá! Tranquilízate, hija… ¡El niñato este! ¡¡¡Olvídate de volver a juntarte con esos chicos!!!

Su amenaza fue la chispa que volvió a prender mi rabia.

—¡Me juntaré con quien me dé la gana! —bramé, y el pasillo entero retumbó como si no fuera capaz de contener mi voz.

—¡No mientras vivas en esta casa!

—¡Entonces igual paso de vivir en esta casa!

Lleno de ira, le pegué un puñetazo a la puerta.

Puede que fuera más barata y endeble que la de mi antigua casa. O puede que fuera yo el que me había vuelto más fuerte, por dentro y por fuera. El caso es que mi golpe fue tal que resquebrajó la puerta, en cuyo tablero surgió una brecha de bordes astillados. Sin saberlo, acababa de abrir una herida parecida entre mamá y yo.

—¡¡¡Jacob!!! ¡¿Qué has hecho?!

De los nudillos me brotaban minúsculas flores de sangre. Aunque no eran graves, cuando mi madre las vio olvidó por un momento el desastre de la puerta. Trató de cogerme la mano para examinarla, pero yo me revolví y me lamí la sangre.

Era salada como las lágrimas que había intentado derramar sin éxito. Eso me calmó un poco. Luego alcancé una mochila de lo alto del armario. Me asombró descubrir que ya no necesitaba ponerme de puntillas. No, realmente ya no era un niño.

—Me voy con papá —anuncié.

Creo que en aquel momento todavía deseaba que mi madre no me dejase marchar. Que ejerciese su autoridad para impedirme salir de casa. Pero no lo hizo. No sé si fue porque también había dejado de verme como a un crío o porque incluso ella me tenía miedo. Fue Amanda la que, irónicamente, dejó de llorar por la caída y empezó a hacerlo por temor a que cumpliera mi amenaza.

—No te vayas, Jacob, te juro que no voy a volver a chivarme.

—Tú no eres la que tiene que disculparse, Amanda —dijo mamá secamente—. Déjalo que llame a su padre, si quiere. A ver lo que le dice.

Yo cogí mi móvil y me encerré con un nuevo portazo en el cuarto de baño.

CAPÍTULO 30

Mi madre no logró disimular su sorpresa cuando papá accedió a venir a por mí.

Tal vez lo hizo para marcarse un tanto frente a ella, pero el caso es que en menos de media hora apareció con su coche en el portal. Me dejó subir a su lado y hasta me ofreció su chaqueta al verme en mangas de camisa. Con los nervios, había olvidado abrigarme. Lancé al asiento de atrás mi mochila, donde había apelotonado de mala manera algunas prendas, mis cosas de aseo y un par de cuadernos.

—Mañana puedes volver si te has dejado algo —comentó mientras maniobraba. Al ver que yo seguía callado, añadió—: Menuda cara de cabreo llevas.

Él, por el contrario, parecía de buen humor. Incluso encendió la radio y dejó sonar la música sin atosigarme con preguntas hasta que aparcamos frente a un portal estrecho que se abría entre dos negocios destartalados. Aunque viviese cerca de nosotros, apenas conocíamos su piso. No le gustaba llevarnos allí, ni siquiera en las raras ocasiones en que venía a buscarnos.

Aquel día entendí mejor por qué.

El apartamento, situado en la primera planta, estaba mucho más desastroso de lo que yo recordaba. Estaba claro que papá solo ponía orden cuando esperaba invitados. Había prendas puestas a secar descuidadamente sobre las puertas y radiadores, y pelusas adheridas a las rendijas del parqué. El fregadero rebosaba de cacharros sucios, y una fina capa de pelos cubría el lavabo y los útiles de aseo. Apestaba a una mezcla de ambientador y leche agria.

Mi padre rebuscó en un altillo hasta encontrar un juego de sábanas que, a juzgar por su olor, llevaban guardadas bastante tiempo. Yo tendría que dormir en lo que él llamaba con mucho optimismo «la habitación de invitados», un cuartucho donde, junto a una cama estrecha y un ventanuco enrejado, se extendían un montón de mancuernas y aparatos de musculación.

—Puedes usarlos, si quieres —me dijo, guiñando un ojo desde el umbral—. Ya me han dicho que quieres ponerte fuerte.

—Ojalá estuviera como tú —gruñí.

—Date tiempo, que a mí me llevó años —fue su respuesta—. Bueno, ¿me vas a decir ahora lo que te ha pasado?

Yo respiré profundamente antes de contestar.

—Que mamá no quiere que salga con mis amigos del instituto —murmuré.

—¿Por qué, es que no le gustan?

—Ni siquiera los conoce.

—Tu madre siempre ha sido de hablar antes de saber —suspiró él con evidente satisfacción.

Lo miré. Se había dejado crecer la barba y estaba más delgado que la última vez. La pérdida de peso resaltaba aún más su musculatura.

—¿Y esto? —dijo, señalando las heridas ya sonrosadas de mi mano—. ¿Es que ya no te importa pegarte?

—Con una puerta —dije, avergonzado.

Él soltó una pequeña carcajada en la que, juraría, se adivinaba una pizca de orgullo.

—Bueno, por algo se empieza —siguió—. Puedes quedarte unos días conmigo. Yo no te voy a controlar tanto. Pero en mi casa no se fuma, ¿eh? Ahora que estoy dejando yo el vicio, a ver si me voy a volver a enganchar por tu culpa.

—Yo no fumo —decidí contestar, después de recapacitar unos segundos.

—Pues no es eso lo que nos ha dicho tu tutora.

—Ese paquete era de un amigo —confesé—. Dije que era mío para que no le cayese la culpa a él.

Recibí una nueva mirada de aprobación, casi de sorpresa. Como si no me reconociera. Como si por fin hubiera empezado a ser un hombre. Al menos uno como él.

—Eso te honra, pero a cambio te la cargaste tú.

—Lo hice porque a él le tiene manía el Ojos de Huevo.

—El Ojos de Huevo —sonrió él, divertido.

— Aguirre, el de Lengua —repuse yo, algo más animado—. Un tío del barrio, uno escuchimizado y con los ojos como huevos.

—¿Aguirre… qué más?

—Jesús Aguirre.

Era la conversación más larga que habíamos mantenido en

mucho tiempo. Casi parecíamos amigos, como cuando nos sentábamos juntos a ver películas en el sofá.

No me hubiera importado seguir hablando, pero entonces dijo que tenía que usar el baño y se alejó con urgencia por el pasillo. Yo me quedé solo, deshaciendo mi mochila con la mirada perdida.

En mi cabeza había vuelto a aparecer ella, la Emperatriz de los Bichos.

CAPÍTULO 31

Eran las dos de la mañana y la única lámpara de mi cuartucho seguía encendida. No podía pegar ojo. Las horas pasaban y yo aún no sabía cómo iba a hacer para defenderme de Martina. Cómo iba a impedir que me descubriese ante mis amigos. Para distraerme, me había puesto a garabatear una nueva escena de mi cómic. También Lobo, igual que yo, estaba a punto de enfrentarse a un nuevo enemigo. Ya había trazado un gran bocadillo que le asomaba entre los dientes, pero no se me ocurría ninguna frase para la ocasión. La parte de mi cabeza que usaba para dibujar seguía despierta, pero la de discurrir estaba tan oscura como el resto del piso. Mi padre roncaba en la habitación de al lado.

Al fin, cansado, cerré el cuaderno y lo guardé de nuevo en la mochila. En el fondo atisbé la edición de segunda mano de *Frankenstein* que me había conseguido mi madre. Aún no había empezado a leerla. Nuestra tutora nos había asegurado que, con Aguirre o sin Aguirre, seríamos examinados igualmente de su asignatura.

Hojeé las páginas con aire distraído, agobiado por la cantidad de texto que contenía. Al fin, no sé cómo, fui a parar a uno de los enrevesados parlamentos del monstruo. Hacia el final del párrafo me topé con un par de líneas subrayadas.

Las releí un par de veces. Luego, súbitamente inspirado, cogí de nuevo mi cuaderno e hice hablar a Lobo con aquellas palabras, las mismas que había pronunciado la criatura de Mary Shelley:

«Ten cuidado, porque no tengo miedo, y eso me hace poderoso».

La frase no solo quedó escrita en el papel. Mientras la copiaba, también fue grabándose en mi cabeza. «No tengo miedo —me dije— y eso me hace poderoso». Fue entonces cuando entendí que estaba equivocado al pretender defenderme de Martina. Que el único modo de hacerle frente era atacar, igual que Lobo. Que no debía considerar mi reencuentro con ella como una amenaza, sino como la oportunidad de vengarme por todos los años de acoso y soledad. Que, en realidad, yo no era un lobo cualquiera. Era Lobo.

Me acaricié una última vez las heridas secas de la mano. Luego apagué la luz y, aún abrazado al cuaderno, me puse a pensar. Y ahora sí, por fin, comencé a trazar un plan.

Un plan osado que dependía en buena medida de la suerte, pero también de mi habilidad.

Comenzó a la mañana siguiente, en el patio, durante la clase de Educación Física. El profesor, un chico joven y entusiasta de su materia, nos espoleaba para que trotásemos alrededor de la cancha de baloncesto. Muchos de mis compañeros holgazaneaban, hablaban entre sí o simplemente caminaban en vez de correr.

—Profe —le dije, después de completar dos o tres vueltas a toda mecha para hacer más creíble la comedia—. ¿Puedo ir al baño?

—¿No puedes aguantarte? —preguntó él a su vez.

—Es que tengo ganas de vomitar —repliqué con urgencia, componiendo aquel gesto de debilidad que tan ensayado tenía de mis años de colegio. Sabía perfectamente cómo fingirme enfermo.

—Espera, que voy contigo.

Vi esfumarse por un instante mi única oportunidad. Por suerte, en aquel momento alguien reclamó la atención del profesor, que, resignado, metió la mano en su sudadera para entregarme algo. Era el pequeño llavero que abría las puertas de los vestuarios.

—Toma, pero no tardes —me advirtió. Confiaba en mí.

Tuve que hacer un esfuerzo para no salir galopando. En vez de eso, avancé penosamente, como si sintiese grandes retortijones. Solo cuando al fin doblé la esquina del edificio del gimnasio, volví a correr como alma que lleva el diablo.

La cerradura de los vestuarios masculinos cedió sin dificultad a la llave. Allí solíamos dejar nuestras cosas durante la clase. Sobre todo los teléfonos, que eran demasiado pesados para los bolsillos del chándal.

Suspiré profundamente al encontrar el de Hernán en el bolsillo interior de su abrigo. Era una de esas cosas que podían haberlo echado todo a perder. Tampoco me costó mucho reproducir su patrón de desbloqueo, que le había visto dibujar decenas de veces. Una simple H trazada de izquierda a derecha, y de arriba abajo. A pesar de su sencillez, el dedo me temblaba en la pantalla.

Tal y como tenía pensado, me encerré en un retrete para la parte más delicada del plan. Aquella que no dependía de mí, sino de los mensajes que hubiera intercambiado mi amigo con Martina. Necesitaba encontrar algo en sus conversaciones. Algo que la comprometiese. Que la hundiese. Que la pusiese en la misma situación que ella me había puesto a mí.

Tenía una idea, por supuesto. Creía conocer a Hernán lo suficiente como para saber que le habría pedido a Martina alguna fotografía íntima. Un desnudo, una postura sexy, algo. Como no disponía de tiempo para leer, simplemente hice correr el dedo por el cristal, a la caza de imágenes.

Para mi decepción, no encontré nada de lo que buscaba. Apenas tres o cuatro selfis de Martina frente al espejo del baño, fotos confusas de alguna fiesta con sus amigos, de sus apuntes, de sus uñas pintadas de negro… En definitiva, nada que me sirviera. En cambio, los dos habían hablado más de lo que podía imaginar, sobre todo hacia el final del chat. Cuando volví a revisarlo de arriba abajo, comprobé que los breves mensajes del principio se iban extendiendo hasta convertirse en largas parrafadas. Mientras, el tiempo se me agotaba. Deslicé el pulgar tan rápido que la conversación se convirtió en un borrón sin sentido.

Entonces, igual que entre las páginas de *Frankenstein*, tuve un golpe de suerte. Fui a posar el dedo sobre una de las últimas fotografías compartidas. Esta vez era Hernán el que la había enviado; bajo el archivo había unas palabras escritas en mayúscula.

Eché un rápido vistazo al texto que precedía la foto antes de reenviarla a mi propio teléfono. Luego, tras asegurarme de haberla recibido, borré cualquier rastro del envío en el móvil de Hernán. Me acordé incluso de eliminar la notificación del mensaje eliminado. Así, nuestra conversación volvió a quedar exactamente como antes.

Por último, dejé el teléfono en su sitio y, con tanto alivio como si de verdad hubiese vomitado, regresé al patio con los demás.

Lo tenía. La tenía.

CAPÍTULO 32

A cambio de tanto desorden, el piso de mi padre ofrecía algo que no tenía en casa de mamá: libertad.

—¿Puedo salir esta noche?

—¿A celebrar esa chorrada de Halloween? —repuso él, socarrón—. Anda, toma.

Me puso en la mano un crujiente billete de cincuenta euros. Era mucho más de lo que mi madre me daba semanalmente para mis gastos.

—Puede que yo también salga —añadió—. Ya sabes, aprovecha para volver tarde.

Hacía tiempo que había oscurecido cuando salí de casa. Por el camino hacia el Bosque, a la luz de los escaparates que seguían encendidos, circulaban grupos de chicos y chicas con los rostros cubiertos por máscaras o deformados con heridas y cicatrices de plástico. Yo no me había maquillado, pero llevaba bajada hasta los ojos la capucha de mi anorak. Y dentro, en el bolsillo interior, mi máscara de lobo.

Por primera vez, sentí que el peligro al que estaba a punto de enfrentarme no me producía miedo, sino impaciencia.

A cada paso notaba que el vello de la nuca se me erizaba con un escalofrío.

Allí, en nuestro banco, me esperaban ya mis amigos. Una panda de monstruos rodeados de botellas bajo el resplandor anaranjado de una farola. Hernán, Tuerto y Yasir llevaban caretas como la mía alzadas sobre la frente, aunque las suyas representaban respectivamente un diablo, un zombi y un esqueleto. Ari se había conformado con emborronarse los ojos de negro. En cuanto a Valeria, supongo que pretendía parecer una vampira sexy con sus labios negros y un cortísimo vestido morado. Entonces yo también saqué mi careta y me la coloqué sobre la cara, cuidando de que los bordes quedasen bien ocultos bajo la capucha. Después inspiré profundamente y me acerqué a ellos.

—Ah, y este es Lobo —le dijo Hernán a una sexta persona, la chica que entrelazaba sus dedos con los de él. Llevaba una diadema con un sombrerito de bruja inclinado graciosamente a un lado de su pelo rubio, justo donde antes crecía una larga trenza. Era Martina.

—Hola —dije, antes de bajarme la máscara. El corazón me bombeaba a tal ritmo que apenas podía distinguir sus latidos, como si se hubiese detenido.

De entre todas las cosas que podía haber dicho ella al verme, de entre todas las reacciones que podía haber mostrado, eligió la peor. La única con la que yo no había contado.

—Ah, hola —sonrió, impávida.

Esperaba al menos un gesto de sorpresa. Que me mirase con pena, o con cinismo, incluso que cuchichease algo al oído de Hernán. Que mostrase algún signo de vergüenza o de desprecio. Para lo que no estaba preparado era para aquella genuina indiferencia.

—Oye —dije, aun sabiendo el riesgo que corría—. Me suenas mucho. ¿No venías tú a mi colegio?

Entornó los ojos con vaga curiosidad, sin acabar de reconocerme. Sencillamente, no se acordaba de mí. O me recordaba apenas como un nombre, una etiqueta medio despegada de su memoria y de un viejo casillero escolar.

—El caso es que tú también me suenas, pero… —dijo con extrañeza, y agitó sus pestañas grumosas de maquillaje—. ¿Cómo es tu nombre de verdad?

Me hubiera gustado decirle que Lobo era mi verdadero nombre. Que el chico al que ella había conocido ya no existía.

—Jacob —gruñí, aguantándome las ganas de saltar sobre ella—. Jacob Luna.

—Luna… —murmuró pensativamente.

Si nadie asumía la culpa del dolor que llevaba dentro, si nadie se acordaba siquiera, era como si nunca hubiera existido. Un sufrimiento estéril que no tenía origen ni sentido. Como una mala hierba que crece sin saber cómo ha llegado allí.

De acuerdo, pero no pensaba cargar yo solo con aquel veneno.

—Bueno, dejaos de rollos y vamos a beber —sentenció Tuerto.

Nos pasamos de mano en mano las botellas heladas mientras seguía oscureciendo, mientras un viento aún más frío jugaba con las hojas del parque y nos entumecía los dedos y las mejillas. Otros chicos y chicas medio disfrazados alborotaban en torno a los demás bancos. Era casi medianoche cuando algún vecino chistó desde las ventanas exigiendo un silencio que apenas duró unos minutos. El alcohol y la charla animaban la fiesta. Yo esperaba, impaciente.

En cierto momento, Yasir corrió hacia los columpios para calentarse con un poco de ejercicio. Los demás fueron tras él, aullando de embriaguez. Todos trepaban tobogán arriba o hacían acrobacias; sus sombras colgaban de las barras y se enredaban unas con otras. Seguí sentado, cada vez más inquieto. Martina, que se había quedado rezagada, regresó entonces hacia mí.

—Oye, acabo de acordarme —me dijo, arrebujándose en su abrigo—. Jacob Luna… ¿Tú no eras el amigo de Gus?

Aquello no contribuyó a mejorar mi humor.

—Ajá —respondí secamente.

—Uf, hace años que no lo veo, ¿sabes algo de él?

¿Aparte de que era un traidor y un cobarde? No, realmente no sabía nada, ni tampoco me interesaba lo más mínimo. Apreté los puños dentro de los bolsillos.

—La última vez que lo vi ni lo conocía, había adelgazado un montón —sonrió Martina, y suspiró—. Bueno, ¿y cómo te ha ido desde entonces?

Que cómo me había ido, eso fue lo que me preguntó. Viniendo de ella, sonaba casi como un chiste.

—Bien, no sé, normal —farfullé—. ¿Y a ti?

—Podía haberme ido mejor…—murmuró, dando paraditas en la arena para calentarse.

Bebí un largo trago a una botella de cerveza antes de atreverme a preguntar algo yo también.

—¿Y tu hermano? —dije, y luego fingí hacer memoria—. Se llamaba… Leo, ¿no?

—Sí, se llamaba Leo —respondió, y por un segundo no entendí por qué ella también hablaba en pasado—. Murió hace dos años.

Aquella noticia cayó sobre mí como un nuevo mazazo. No es que esperase sentir tristeza por él, pero descubrí con sorpresa que tampoco podía alegrarme. Era absurdo seguir odiando alguien que, sencillamente, había dejado de existir. El problema es que el rencor hacia Leo también acababa de convertirse de pronto en algo inútil, en una cosa viscosa que se revolvió en mis tripas buscando un lugar por donde escapar.

—Perdona —acerté a mascullar—. No lo sabía.

—Tranqui, ¿cómo ibas a saberlo? Tuvo un accidente en la playa, fue todo muy rápido.

Esperaba que al hablar de eso se le humedeciesen los ojos, que las lágrimas emborronasen su maquillaje. Pero, una vez más, las cosas no sucedieron como en las películas. Martina compuso un gesto de resignación, casi una sonrisa triste, y se miró las manos. Seguía mordiéndose las uñas, pero era casi lo único que quedaba de la niña que yo había conocido.

—Desde entonces no nos ha ido muy bien —continuó—. Mi padre se rayó y nos dejó colgados con un montón de deudas. Tuvimos que cambiarnos de casa, yo repetí… En fin, un asco.

Eso explicaba que se hubiera mudado a un barrio tan humilde. Y supongo que también el aire melancólico que la envolvía ahora. Podía haber dicho algo para consolarla, pero

179

notaba el cuerpo bloqueado. Bajo mi apariencia indiferente, un remordimiento me escarbaba el vientre.

Por suerte o por desgracia, era demasiado tarde para arrepentirse. Hernán se acercaba corriendo hacia nosotros, y el brillo ebrio de sus ojos se había transformado en ira.

—¡Eh! —gritó, casi como yo lo había imaginado.

—¿Qué pasa? —preguntó inocentemente Martina.

—A ti qué te parece, hija de puta.

Tenía la pantalla del móvil de Tuerto vuelta hacia ella. Desde mi asiento reconocí la fotografía que yo mismo me había encargado de difundir por la tarde, a través de un perfil falso, entre las redes sociales de un montón de alumnos de la clase.

Bajo la imagen que había recibido Tuerto también había un mensaje.

Sabías que la madre de Hernán está zumbada???

Porque eso era lo que se veía en aquel selfi. A mi amigo, con un gesto que no acababa de ser una sonrisa, fotografiado en la sala común de un hospital psiquiátrico. Resultaba obvio por los internos que, al fondo, miraban con asombro a la cámara encogidos en su pijama azul. Uno de ellos tenía las manos retorcidas y vueltas hacia el pecho como pequeñas garras. Otra dibujaba en un folio con ceras de colores y aire infantil. Más adelante, justo en segundo plano, estaba la madre de Hernán, la única que no alzaba la cabeza. Solo vigilaba de reojo a su hijo con los brazos cruzados y la cabeza gacha en una postura forzada, casi inverosímil.

Por eso Hernán no hablaba nunca de su familia, porque él también tenía un secreto que lo torturaba. Ahora entendía que se lo había revelado a Martina a cambio de las confidencias de ella, de la trágica historia de su hermano. No sé si para terminar de ligársela o porque le gustaba de verdad. Ya no importaba, porque yo acababa de destruir su relación.

—Hernán, te juro que yo no he enviado eso…

—Que te calles —replicó él, empujándola con tanta violencia que cayó sentada sobre el banco, a mi lado. Me sorprendió ver lo rápido que mi amigo podía pasar de la ternura al odio.

Cerca, en alguna parte, rompió a sonar el aullido de una sirena.

CAPÍTULO 33

Un centelleo de luces azules sucedió al ruido. Avanzaba calle abajo, hacia el Bosque, proyectando sombras cambiantes entre las ramas de los árboles. Algún vecino debía de haber llamado a la policía para quejarse del ruido o del botellón. De inmediato, un revuelo de figuras que saltaban de los bancos escapó del parque en dirección contraria al vehículo.

—¡Va, vámonos! —exclamó Valeria.

Hernán permaneció aún un momento frente a Martina con los labios apretados.

—Estás jodida —la amenazó entre dientes, antes de saltar el muro de ladrillos que delimitaba el parque y salir galopando tras los demás. Sobre el banco quedaron abandonadas las botellas medio vacías y la propia Martina.

—¡Lobo! —me apremió Ari.

Yo seguía allí, parado, oyendo rugir a mi fiera de satisfacción y de desprecio. Esperé a que Martina alzase la vista para volver a cubrirme la cara con la máscara. Por la suya resbalaban un par de lágrimas, que brillaban como joyas azules a la luz cada vez más próxima de la sirena.

Al fin, eché a correr para alcanzar a mis amigos y la dejé sola.

Crucé entre los coches aparcados, guiándome por el sonido de pasos apresurados sobre el asfalto. Los demás me llevaban ventaja y la careta no me permitía respirar bien. Me pareció más seguro no quitármela, así que me detuve y apoyé las manos sobre los muslos para tomar aliento durante un segundo. El aire helado de la calle me ardía en los pulmones.

Cuando me incorporé de nuevo, ya no oía nada. Me asomé a un par de bocacalles, pero no vi sino el resplandor mudo y anaranjado de las farolas. Debía de ser ya muy tarde y había ido a parar a una zona desconocida y especialmente laberíntica del barrio.

Avancé a enérgicas zancadas por el centro de la calzada, sin saber muy bien hacia dónde. Tampoco me importaba. Casi deseaba encontrarme con alguien. Aullarle, saltarle encima, hacerle salir corriendo. Enseñarles a todos quién era Lobo.

Fue al doblar una esquina cuando volví a toparme de bruces con la policía.

El coche estaba atravesado en mitad de una calle algo más ancha que las otras, pero igual de poco transitada. Aunque habían silenciado el ruido de la sirena, las luces azuladas seguían dando vueltas, mezclándose sobre las fachadas con otras de color ámbar. Estas salían de una ambulancia aparcada a caballo entre la acera y la calzada.

Junto a ella yacía alguien, medio cubierto por una brillante manta isotérmica. Una especie de papel dorado y crujiente como el que envolvía el regalo de Gus. Al ver que el cuerpo no se movía y que los agentes desplegaban una cinta para impedir el paso a los primeros curiosos, supe que estaba muerto.

Después de todo, resulta que la policía no había venido a por nosotros.

Aún seguía allí, hipnotizado, cuando las ventanas empezaron a encenderse. Algunos vecinos se asomaban al balcón y otros salían de los portales en ropa de casa y pantuflas. También el pie inerte del cadáver estaba enfundado en una raída zapatilla de felpa. La otra quedaba boca abajo, chafada, unos metros más allá.

El cuerpo estaba lo bastante cerca de la acera como para pensar que había saltado desde una de las ventanas. Intrigado, me acerqué un poco más para mezclarme entre la gente. Algunos me miraban con curiosidad o se asustaban al descubrirme a su espalda. Había olvidado que aún llevaba la máscara puesta.

Fue al guardarla en el bolsillo cuando sentí aquella mano en el hombro. Casi pude sentir su frialdad a través del anorak, como si la hubiese posado en mi piel desnuda. Entonces yo también me sobresalté.

La mano, como ya sabes, pertenecía a mi profesor. A Aguirre.

A un Aguirre desorientado, en pijama, que contemplaba la escena entre los demás, pero con un aire confundido y ausente. Ni siquiera se había echado por encima una chaqueta y llevaba el primer botón de la camisa desabrochado. Pensé que acabaría de despertarse, que habría salido de uno de aquellos portales. Aunque maldije mi suerte al verlo, él estaba tan impresionado que ni siquiera dio muestras de reconocerme.

—¿Qué… qué ha pasado, hijo?

—No sé —dije, apartándome—. Uno que se ha tirado, supongo.

Una mujer en bata de rombos se volvió hacia mí y me miró con extrañeza.

—A mí me ha despertado el golpe —dijo después—. Debía de ser un vecino, el pobre.

—Sí —murmuró el profesor—. ¿Pero quién… quién era?

—Yo qué sé —mascullé con incomodidad. Lo único que quería era largarme de allí cuanto antes. La señora de la bata seguía mirándome de reojo.

—Ve a ver, anda —me rogó Aguirre, casi gimiendo.

—Pero…

—Ve, por favor —insistió—. Creo que lo conocía. Tenía que conocerlo, por eso estoy aquí, ¿no?

Lucía un aspecto extraño, incluso tratándose de él. Siempre había pensado que estaba enfermo, pero ahora también parecía haberse vuelto loco. Los ojos de huevo se le habían salido aún más de las órbitas y con las manos se agarraba pellizcos de barba pelirroja en una especie de tic nervioso. Quizá sería mejor hacer lo que me decía, aunque solo fuera para poder alejarme de él.

Lentamente, atravesé el estrecho pasillo que quedaba a un costado de la calle, entre las fachadas y el cordón desplegado por la policía. Desde el otro lado de la escena, donde se amontaban la mayoría de los vecinos, podría ver mejor el cadáver. Me abrí paso a codazos entre la gente hasta rozar con los dedos la tensa cinta de plástico que impedía el paso.

La cara del fallecido quedaba oculta a la vista. Aun así, alcancé a distinguir el pelo rojizo de su cráneo y una mano retorcida que asomaba bajo la manta. La zapatilla de felpa. Un botón del puño del pijama. No era mucho, pero para alguien como yo, acostumbrado a fijarse en los detalles al dibujar, fue suficiente.

Aguirre tenía razón. Lo conocía.

¡Era él! La persona que yacía muerta en el suelo era él.

Cuando al fin levanté la cabeza hacia el otro lado del cordón policial, allí no quedaba ni rastro de la persona a la que había tomado por el profesor.

CAPÍTULO 34

—La ha palmado el Ojos de Huevo.

—Ya, qué fuerte.

—Dicen que se tiró desde un sexto.

—Uf, tuvo que quedar aplastado, tío.

Aquella mañana no se hablaba de otra cosa en el instituto. También mis amigos daban vueltas y vueltas al asunto, arrebujados por el frío en el corredor trasero del patio.

—Es lo que se merecía ese capullo —sentenció finalmente Hernán, chafando una colilla humeante contra la pared.

—No digas eso, que está muerto —repuso Valeria, inusitadamente turbada.

A mí también me impresionó la brutal afirmación de Hernán, en la que no había ni rastro de remordimientos. Yo sí los tenía, pero al mismo tiempo seguía como anestesiado. No solo por lo que había visto en el lugar de la tragedia, sino porque apenas había conseguido conciliar el sueño durante el día de fiesta. Tenía bolsas bajo los ojos y la cabeza nublada por el cansancio.

La noche de Halloween había vuelto a casa jadeante, sudoroso y completamente desencajado. Ni siquiera recuerdo cómo logré orientarme para llegar allí. Solo que corrí y corrí al abrigo luminoso de las farolas, cruzándome en mi carrera con monstruos que regresaban de sus fiestas con el disfraz a medio quitar y el maquillaje corrido.

Ninguno de ellos sospechaba que el auténtico monstruo era yo.

Estaba tan trastornado que arañé un buen rato la cerradura antes de atinar a encajar la llave. Creo que en aquel momento hubiera podido llegar a contárselo todo a mi padre. Si no lo hice fue porque, por desgracia, encontré su piso vacío. Fuera a donde fuera que había ido, todavía tardaría bastante en volver.

Aunque apenas dormí, a la luz del amanecer mis temores fueron convirtiéndose en dudas. Era ridículo pensar que Aguirre se me había aparecido frente a su propio cadáver. Tenía que haber una explicación lógica para aquel encuentro que yo había tomado por sobrenatural: un extraordinario parecido con algún vecino, un hermano que viviera con él, la sugestión producida por el alcohol o los remordimientos... Por desgracia, eso no cambiaba lo principal. Aguirre estaba muerto, y quizá había sido mi broma cruel la que en última instancia lo había llevado a la depresión y, después, al suicidio.

Pasé el resto del día atormentándome, apretando los puños hasta que las uñas se me quedaron marcadas en las palmas de las manos. Por suerte, mi padre no advirtió nada. También él se despertó de un humor sombrío, quizá debido a la resaca. Después de días sin fumar, volvía a oler a tabaco.

Otro humo, el que salía de la boca de Ariadna, me trajo de nuevo al presente.

—Este lobo está muy callado —musitó. A pesar del frío, sentí que su cercanía me asfixiaba.

Me revolví e interpuse el codo entre ambos para apartarme un poco. Para apartarme de todos.

Por un momento se me había pasado por la cabeza contarles lo que había visto. Al menos lo del cadáver y la policía. Pero estaba seguro de que me pedirían un montón de detalles escabrosos de la escena que no me apetecía recordar. Si había sangre, si le había visto la cara a Aguirre, si su cuerpo estaba destrozado por la caída. Ellos eran ahora mis amigos, pero no el tipo de amigos a los que puedes contarles algo así. Por primera vez me pregunté qué clase de amistad era entonces la nuestra.

—Oye, Hernán —saltó de repente Valeria—. Y Martina, ¿qué? ¿Has vuelto a hablar con ella?

Él también tenía el ceño fruncido, pero por sus propios motivos. Se sentía furioso y humillado por lo que todo el mundo ya sabía, y también por los rumores que habían empezado a correr por el centro. Que su madre solía agredir a sus enfermeros, que le gustaba desnudarse en público, incluso que habían tenido que ingresarla por las palizas que desde pequeño le propinaba a Hernán.

No sé si algo de todo eso sería verdad. Lo que sí comprendí por primera vez es que también él tenía su propia historia y su propio infierno. Que su lobo, igual que el mío, había nacido de alguna parte, esa que yo había dejado al descubierto. Aquella mañana pude ver sus ojos fieros asomándose a los de Hernán cuando este respondió, refiriéndose a Martina:

—La guarra esa me ha bloqueado.

—¿Va pasando por ahí fotografías tuyas y luego te bloquea? —dijo Ari, mientras dejaba escapar el humo entre los labios con una mueca de desprecio.

—A ti sí, pero a nosotros no —repuso Tuerto, echándose la mano al bolsillo—. ¿Cuál era su perfil?

Todos sacaron sus móviles, dispuestos a volcar en ellos su odio hacia Martina. Conociendo a Hernán, intuía que no se conformaría con eso, pero ya no podía hacer nada. Dejé que sus furiosos pulgares trabajasen mientras mi mirada vagaba al otro lado de la verja.

Fue entonces cuando lo vi otra vez.

Estaba allí, al otro lado, de pie y semioculto por la oscuridad de unos soportales repletos de grafitis. Seguía en pijama, luchando con el botón desabrochado de su camisa. Miraba en torno suyo como una criatura perdida tratando de orientarse.

«No es Aguirre», me dije. La cabeza me latía más que el corazón. «Se le parece, pero no es él».

—¿Veis a ese? —murmuré, tratando de imprimir normalidad a mi voz.

—¿A quién? —preguntó Yasir, apartando la vista del teléfono.

—A ese tío —lo señalé. La respiración se me aceleró al ver que mi amigo alzaba las cejas, confundido.

—¿Qué tío? ¿En una ventana, dices?

—No, el que está ahí de pie... ¡en el soportal!

Supongo que hubo alguna mirada burlona, aunque no pude saberlo porque seguía con los ojos clavados en la figura inmóvil y melancólica.

—Este fue el que más bebió el viernes —comentó al fin

Valeria—. Aún le dura la resaca de Halloween y está viendo ahora a los fantasmas.

—A ver si en vez de Lobo vas a ser Loco —remató Yasir.

No sé si lo asustaron las risas, el caso es que al momento siguiente el hombre se había esfumado. Yo no seguí insistiendo. Tenía miedo de que realmente comenzaran a dudar de mi juicio. La imagen de tipo duro que había construido podía derrumbarse en un momento, igual que yo había hecho desmoronarse la de Martina.

En lugar de eso, me puse a rezar para mis adentros, muerto de miedo y de culpa.

Y, como cuando era pequeño, rezar no me sirvió de nada.

Volví a verlo un poco después, al salir del instituto, cuando renuncié a acompañar a mis amigos y corrí hacia un autobús a punto de arrancar. Conseguí detenerlo a tiempo, pero no pude evitar reparar en la figura que vagabundeaba en torno a la parada.

Esta vez no tuve duda de que se trataba de Aguirre. Era él. Aunque nadie lo miraba, mi profesor lo miraba todo, como si esperase algo que no acababa de llegar. Sus ojos se cruzaron brevemente con los míos a través del cristal empañado. Me abrí paso a empujones hasta la parte trasera para seguir mirándolo, aterrado, mientras desaparecía en la distancia.

Era un fantasma. Tenía que ser un fantasma.

Terminé de convencerme cuando, al acercarme corriendo al piso de mi padre, lo vi deambulando de nuevo por el fondo de la calle. Me encerré en el portal y subí los escalones de tres en tres con el poco aliento que me quedaba. Después me abalancé sobre la ventana de la cocina para vigilarlo. Estaba igual de rígido, de inofensivo, contemplando todo a su alrededor como si tratara de entender dónde se encontraba.

No pude comer, ni sentarme, ni hacer nada en toda la tarde. Seguí allí, espiándolo a través de las cortinas y lleno de desasosiego, esperando el momento de que mi padre volviera a casa. Por fin, cuando el cielo se oscureció y las campanas de alguna iglesia cercana llamaron a misa, Aguirre echó a andar con pasos cansados y se alejó.

Eso era, pensaba yo, lo que había estado esperando durante horas. Para mi sorpresa, descubrí que perderlo de vista me resultaba aún más insoportable que tenerlo allí.

Quizá por eso agarré mis llaves, me eché encima una cazadora y salí de casa para seguirlo.

Necesitaba saber a dónde se dirigía. Saber qué quería de mí.

CAPÍTULO 35

Esta vez no tuve necesidad de correr para no quedarme atrás. El fantasma caminaba sin prisa, por en medio de la calzada, sin preocuparse de las gruesas gotas de lluvia que tamborileaban sobre los coches aparcados.

De vez en cuando, ladeaba la cabeza y entornaba los ojos como si, más que por la vista, estuviera guiándose por algo que solo él oía. Tal vez era el eco de las campanas lo que iba siguiendo. Y es que, aunque su insistente tañido se había apagado, nuestra lenta persecución terminó precisamente frente a la plazoleta de una iglesia. Junto a ella se detuvo Aguirre mientras yo lo vigilaba a cierta distancia, bajo la lluvia.

No era un edificio feo, pero sí modesto, de muros de ladrillo ribeteados con estrechas franjas de yeso amarillento. La torre estaba rematada por una sencilla cruz que se alzaba sobre un pináculo de pizarra. Parecía acogedora. Tenía dos puertas, una a la izquierda y otra a la derecha. Por esta última desapareció Aguirre con su aire despistado.

Me fijé en que su ropa seguía todavía seca. Yo, en cambio, estaba completamente empapado cuando fui tras él.

El profesor tampoco había arrancado ningún ruido de la puerta, pero, al abrirla yo, los goznes gimieron y algunos fieles se removieron en los bancos. La misa acababa de comenzar. Hacía mucho que no visitaba una iglesia, así que no puedo asegurar si había mucha gente o poca. A mí me pareció poca. Apenas doce o quince bultos oscuros y encogidos en sus bancos. El resto de los asientos estaban vacíos. Tampoco vi rastro alguno de Aguirre. Parecía haberse desvanecido al otro lado de la puerta.

Desalentado, me retiré el flequillo húmedo de la frente, pensando en retroceder. Si no lo hice fue porque distinguí a otra persona en la última fila. Incluso de espaldas reconocí su ancha figura, su gorra y el horrible estampado de su camisa.

Era Gabi, arrellanado en el banco como solía hacerlo en su pupitre de clase, pero mirando atentamente al frente. ¿Qué hacía allí?

—Dios Padre, mi creador, he entrado en tu casa… —proclamaba un cura desde su micrófono.

Volví los ojos hacia el sacerdote. A sus pies, sobre las escaleras que ascendían al altar, había un gran retrato guarnecido de flores blancas. La luz de un foco caía sobre la imagen. Aunque parecía una ampliación de mala calidad, el rostro de la fotografía resultaba inconfundible. Pertenecía al propio Aguirre. Estaba algo más joven y sonreía desvaídamente.

El fantasma me había llevado hasta su funeral.

Reconocí entonces a algunos profesores, pero Gabi parecía ser el único alumno que había asistido a la ceremonia. Por poco que creyese en aquellas cosas, por inútiles que hubieran resultado siempre mis rezos, aquello no podía ser una casualidad. Una oleada de simpatía hacia mi antiguo compañero de pupitre templó un poco mi miedo, mi culpa y mi tiritona. A él sí me sentía capaz de contarle lo que me estaba pasando. Ni siquiera me importaba si me creía o no. Solo quería hablar con él.

—Nos reunimos hoy aquí para pedirte que acojas en tu seno a… —el sacerdote bajó la vista hacia un papel extendido sobre su atril—. A Jesús Aguirre Muñiz, que falleció el pasado…

Muy despacio, avancé hacia el banco de Gabi y me senté a su lado. Él apenas me miró de reojo. La verdad es que pareció más molesto que sorprendido de verme a su lado. Quizá imaginó simplemente que habíamos coincidido en el funeral. Se incorporó, supongo que dispuesto a buscar otro asiento, pero yo le bloqueé el paso con las piernas.

—Gabi —murmuré, y entonces me observó mejor.

Quizá, más que mi voz, fue mi gesto descompuesto y el temblor de mi cuerpo helado lo que lo detuvo. La voz pastosa del sacerdote seguía atronando por los altavoces.

—… el eterno descanso de nuestro hermano, a quien Dios ha llamado a su…

—¿Qué quieres? —susurró Gabi.

—Tengo que hablar contigo —le rogué—. Por favor.

Alguien chistó desde el banco delantero para pedir silencio. Las gotas de lluvia rodaban como canicas de colores sobre las sencillas vidrieras del templo.

—Hablar de qué —cuchicheó Gabi, con los ojos llenos de impaciencia.

—De algo muy importante. En serio, tío. No te lo pediría si no fuera importante.

Pensé que iba a dejarme tirado cuando esquivó mis piernas y se deslizó entre los bancos hasta el pasillo central. Ya no llevaba muletas, pero aún cojeaba. Luego alcanzó la salida sin mirarme siquiera. Sin embargo, una vez allí, abrió la puerta y se quedó sujetándola con gesto hosco.

Me estaba esperando.

CAPÍTULO 36

Fuera, refugiados bajo el porche del edificio parroquial, Gabi y yo apenas prestábamos atención a la tormenta que descargaba frente a nosotros.

—Estás de coña, ¿no? —masculló después de escucharme entre bufidos de incredulidad.

Era lógico que no me creyera, incluso que sospechase que se la estaba jugando de nuevo. Yo hubiera pensado lo mismo.

—Te juro que no, te lo juro —insistí, desesperado—. Dirás que se me ha ido la olla, pero…

—¿Por qué se te iba a aparecer Aguirre a ti? —gruñó. Era típico de Gabi sorprenderse más por aquel detalle que por lo absurdo de toda la historia.

Por otro lado, lo que me preguntaba era incluso más difícil de explicar. Y, sin embargo, se lo conté. Lo solté todo. Le hablé atropelladamente de la conversación que había tenido con Aguirre en su despacho, de la cruel jugarreta del pegamento, de su cuerpo tirado en el asfalto. Lo hice sabiendo que Gabi podía usar todo aquello en contra mía. Que bastaba con que se lo contase a alguien para que todos me considerasen responsable de la tragedia. La noticia hubiera corrido por el instituto tan rápido como mi odiosa caricatura de Gabi.

Él se tomó unos segundos antes de contestar, pero siguió hablándome con dureza.

—Te diría que de Hernán y los otros no me extraña nada —dijo, y escupió hacia un charco de la acera—. Pero es que de ti ya tampoco.

Volví a sentir, como hacía muchos años no había sentido, el peso punzante de la vergüenza en mitad del estómago. Como el de aquel maldito escarabajo que lo había empezado todo.

—Perdóname, Gabi, perdóname por lo del dibujo —le supliqué—. Intenté explicártelo, pero me bloqueaste. Te juro que no salió de mí hacerlo ni muchísimo menos enviarlo por ahí.

—¿No? —suspiró él, con un sarcasmo cargado de fatiga y resignación—. ¿Te pusieron una pistola en la cabeza o qué?

—No, pero… —murmuré, sin acabar de encontrar una buena excusa—. Bueno, me pidieron que te dibujase, en plan broma.

—En plan broma —repitió amargamente.

—En ese momento no supe decirles que no.

—Di más bien que no te atreviste, tío —repuso—. Di que eres un mierda que haces todo lo que te piden, y punto.

Hacía varios años que no oía a nadie llamarme «mierda». Me sorprendió notar que, por una vez, aquel viejo insulto no me ofendía en absoluto. Al contrario, de algún modo resultaba tranquilizador que Gabi alcanzara a ver lo que se ocultaba bajo mi disfraz de matón.

—Es verdad, soy un mierda —admití, bajando la cabeza—. He sido un mierda desde pequeño.

A él debió de sorprenderle que de verdad lo dijese en voz alta, porque para mi asombro se echó a reír inesperadamente. A veces las palabras mágicas son las que menos puedes sospechar.

—Al menos lo reconoces —suspiró.

Los dos nos quedamos un rato en silencio mientras la lluvia amainaba. Con un gesto suyo que ya conocía, Gabi se quitó la gorra y se repeinó hacia atrás con los dedos. Luego fue él mismo quien volvió a hablar.

—El vestido me lo hizo mi abuela.

—¿Qué? —pregunté, extrañado.

—El vestido de mariquitas con el que me dibujaste, lo cosió mi abuela —explicó—. Lo odiaba, pero a ella nunca pude explicarle por qué. No me dio tiempo.

Bajé la cabeza, avergonzado. Tampoco me había parado a pensar apenas en el infierno de Gabi. En todo lo que había tenido que pasar antes de poderse mostrar tal cual era.

—Siento... Siento que por mi culpa... —titubeé, maldiciendo más que nunca mi torpeza con las palabras—. Siento si he hecho que tu problema...

—¡Es que no es mi problema, joder! —se enfureció él—. El problema no lo tengo ni yo ni uno que tiene acné ni el que está gordo ni la que saca buenas notas... o malas. ¡El problema lo tienen ellos, la gente como Hernán! ¡Ellos son los que llevan dentro algo malo!

«Un lobo», pensé. Un lobo que, para escapar de su infierno, va levantando otros a su alrededor.

—Yo también era amigo suyo, ¿sabes? —dijo Gabi, cambiando repentinamente de conversación.

—¿De quién? —le pregunté, pues por un momento no supe a quién se refería—. ¿De Hernán?

—Sí. Bueno…, dentro de lo amigo que se puede llegar a ser de él.

—¿Cuándo?

—Antes —dijo él, y con ese «antes» parecía referirse a una vida distinta, a un Gabi que ya no existía.

Él también arrancó entonces su confesión. No como la mía, avergonzada y en voz baja, sino articulada con aplomo y sencillez. Como una herida que ya casi ha dejado de doler.

—Y no solo era mi amigo —añadió, divertido—. Resulta que le molaba y todo. Yo todavía usaba ropa de chica y tal, pero ni se me había pasado por la cabeza. Él estaba entonces liado con Valeria. ¡Esa me odia más que nadie! El caso es que un día, en el parque, Hernán acabó lanzándoseme al cuello… Sí, esa misma cara puse yo.

—¿Y qué hiciste?

—Pues quitármelo de encima, pero digamos que no le sentó bien —explicó—. Empezó a darme de lado, a convencer a sus amigos de que pasaran de mí. Le dio por decir que era una guarra. Luego, cuando cambié de pintas, él también tuvo que cambiar de insultos. Lesbiana, machorra…, cosas así. Pero lo que más le jodía es que yo estaba tan feliz que no era capaz de amargarme la vida.

Sí, podía imaginarme a Hernán enfadándose por eso.

—Al menos aguantaste —repuse. Una parte de mí deseaba que la historia acabase allí.

Gabi resopló por la nariz y esbozó otra sonrisa, más amarga. Luego se retiró un mechón del flequillo para descubrirse la frente. Allí, en la frontera que la separaba del crecimiento del pelo, destacaba un surco irregular y blanquecino. Una cicatriz.

—Dime que no te dieron una paliza —murmuré. Aunque mi ropa ya estaba casi seca, me sobrevino un escalofrío.

—No es de un golpe —repuso Gabi—. Es de una máquina de afeitar.

—¿Te… te raparon?

—¿Sabes el mirador de la autopista? —preguntó, y yo negué con la cabeza—. Bah, es un descampado al lado del puente. Era donde solíamos juntarnos. La cuestión es que Hernán me pidió que nos viéramos allí después de clase. Me dijo que quería arreglar las cosas conmigo o no sé qué. Pero claro, no apareció solo.

El resto de su relato fue igual de breve, pero mucho más duro. Al parecer, Hernán se había presentado a la cita con cuatro o cinco chicos más. Solo sé que Tuerto estaba entre ellos. Era él, precisamente, quien llevaba en la mano algo que emitía un zumbido mecánico. Por desgracia, para cuando Gabi comprendió lo que era ya los tenía encima.

—Apenas se llevaron un par de mechones, pero me hicieron un buen destrozo —sonrió y señaló su cicatriz oculta pero imborrable—. Bueno, y esto, claro.

Gabi no podía haber vivido todo aquello con la misma indiferencia con que lo contaba. Sin embargo, había sido lo bastante valiente como para no dar un paso atrás. En lugar de eso, y después de denunciar la agresión, él mismo se afeitó el resto de la cabeza.

203

—Me dejé como una bola de billar —explicó despreocupadamente—. Entonces sí que se volvieron todos locos.

—¿Quiénes, los de tu clase?

—Los de clase, algunos profes, la mitad de los padres… Pero ya me daba igual, ¿qué más podían hacerme?

Envidiaba la seguridad de Gabi. Su dureza. Él no necesitaba convertirse en lobo para ser feroz.

—¿Qué les pasó a Hernán y a los otros?

—Les cayó un parte disciplinario, una expulsión y todo el rollo, pero poco más. Aguirre hizo todo lo que pudo, el pobre.

—¡¿Aguirre?!

—Era nuestro tutor el año pasado —replicó Gabi quedamente—. Él fue el primero que dejó de llamarme por mi antiguo nombre cuando se lo pedí. El único que no me pidió explicaciones ni me trató como a un bicho raro. No sería el mejor profesor del mundo, pero dio la cara por mí. El tío le echó huevos.

Claro, por eso Hernán se la tenía jurada. Y por eso Gabi, en cambio, no había querido faltar a su funeral.

—Y ahora me vienes con la paranoia de que no está muerto —gruñó a continuación mi amigo.

—No he dicho eso —repuse—. He dicho que lo veo… y que no sé qué hacer.

Gabi meditó unos segundos.

—Te diría que vayas a un psiquiatra —dijo al fin, de mala gana—. Pero suponiendo que sea verdad, igual es justo lo que crees. Que su espíritu tiene una cuenta pendiente contigo.

—¿Y entonces, qué?

—Entonces, y por una vez, te diría que hagas lo que en esas pelis que tanto te gustan.

—¿El qué?

—Intenta hablar con él —repuso, adoptando un gesto grave—. Ojalá estés equivocado y su muerte no tenga nada que ver contigo. En serio.

BIEN HECHO, LOBO.

POR FIN, CIUDAD INFIERNO ESTÁ LIMPIA DE MUTANTES.

GRACIAS, JEFE. ¿PUEDO RETIRARME?

CLARO, TE HAS GANADO UN BUEN DESCANSO.

CABIZBAJO, LOBO SE ENCERRÓ EN SU HABITACIÓN...

Y ALLÍ, FRENTE AL ESPEJO...

...SE QUITÓ SU MÁSCARA.

¿QUÉ... HE HECHO?

GRUESAS LÁGRIMAS CAÍAN POR SU ROSTRO DE MUTANTE.

CAPÍTULO 37

Por absurdo que pareciese, Gabi tenía razón. Mi única opción era volver a hablar con el fantasma. Pedirle perdón, suplicarle, hacer lo que fuera para que descansase en paz.

El problema fue que, después de aquella tarde, dejó de aparecérseme de golpe.

Lo buscaba obsesivamente cada mañana, entre los racimos de caras pálidas y somnolientas de las paradas de autobús. También por los rincones del instituto, tras las verjas del patio, a la vuelta de cada tramo de escalera. Por la calle, bajo la lluvia. En los recodos oscuros del portal de mi padre y entre los matorrales del Bosque. Tenía tanto miedo de encontrármelo como de no volver a verlo jamás.

Nada?

Nada

Si había algo positivo en todo aquello, era que Gabi me había desbloqueado. De sus redes y del resto de su vida. Incluso volvíamos a escribirnos por las tardes. Mi amigo opinaba que quizá la última sombra de Aguirre se había esfumado definitivamente con su funeral. Tenía sentido, pero yo estaba seguro de que seguía por algún sitio, perdido. Tratando de encontrarme.

Mi obsesión por el fantasma me ayudaba a olvidar que había vuelto con los verdugos de mi amigo. Que llevaba semanas entre ellos. No, que *era* uno de ellos. Al menos Gabi se había atrevido a enfrentarlos. Yo, en cambio, no podía darles la espalda ni aun sabiendo lo que eran capaces de hacer… porque era exactamente lo mismo que había hecho yo. Compartíamos un secreto demasiado terrible.

Era un lobo, pero un lobo cobarde, magullado, acurrucado en la oscuridad de mi culpabilidad y mi vergüenza. Encerrado en una viñeta que ya no quería protagonizar. Tan encogido dentro de mí mismo que ni siquiera vi pasar, unos días después, a una figura conocida tras los árboles.

—Mirad quien va por ahí —oí decir a Ari desde la otra punta del banco.

Alcé la cabeza, esperando encontrarme con Aguirre. No era él, aunque sí otra de mis víctimas.

Martina iba al encuentro de un chico que la esperaba sentado en el muro de ladrillo. No se besaron, pero él la saludó retirándole algo de la boca, quizá un cabello que se le había quedado adherido a los labios.

—Mira qué pronto se ha olvidado de ti —comentó Valeria.

Rabioso de celos, Hernán escupió el chicle que estaba masticando entre unos matorrales. Al descubrirnos mirándolos, la pareja se levantó y se alejó calle abajo.

—Bah, pasa de ella —opinó Yasir.

—Se la está buscando —lo contradijo Tuerto, encendiendo aún más los ánimos.

—Vamos a seguirlos —decidió entonces Hernán.

Todos saltaron del banco tras él. Todos menos yo.

—Vamos, Lobo.

—No puedo —me excusé, cerrando la cremallera de mi anorak—. Tengo que ir a casa.

—Venga… —me suplicó Ari.

—Lo siento, no puedo —me disculpé, alejándome en dirección contraria. Tampoco volví la cabeza para comprobar si me seguían mirando.

Luego, con la vista baja y las manos en los bolsillos, regresé caminando al piso de mi padre.

Estaba entrando por la puerta cuando me sonó el teléfono. Era mi madre. Acostumbraba a charlar conmigo cada tarde para insistir suave pero firmemente en que volviera a casa. Papá, que llevaba unos días más callado que de costumbre, se había sentado frente al televisor encendido. Preferí esperar a encerrarme en mi cuarto para descolgar la llamada.

Apenas crucé la puerta, el teléfono se me cayó de las manos.

Allí, sentado al borde de mi cama, estaba el fantasma. Él no se sobresaltó ni volvió la vista hacia el aparato, que siguió zumbando insistentemente sobre el parqué. Ahogué un grito. Luego, luchando contra mis ganas de salir corriendo, cerré la puerta despacio para no asustarlo. No era fácil, porque las manos se negaban a obedecerme.

El profesor no hacía nada, salvo cabecear y mirar melancólicamente la punta de sus zapatillas. Parecía sólido, real, pero bajo su peso la manta seguía intacta y sin arrugas. Era como si las cosas corrientes no acusasen su presencia.

—Hola —logré decir después de unos segundos interminables, aunque creo que ni yo mismo llegué a escucharme.

—Hola —respondió él, y su tristeza inundó la habitación de tal forma que sentí que me faltaba el aire. O quizá es que me había olvidado de respirar.

Traté de concentrarme. Llevaba días discutiendo con Gabi la pregunta que debía hacer cuando encontrase al espíritu. Habíamos elegido una muy sencilla, y aun así me sonó ridícula cuando logré pronunciarla en voz alta y destemplada. Casi de película barata.

—¿Por qué sigue aquí?

Él lo meditó un momento antes de contestar.

—Es que aquí hay luz —repuso finalmente, aunque sin mirarme.

No entendí su respuesta porque la lámpara del cuarto seguía apagada, pero al menos la serenidad que mostraba aplacó un poco mis nervios.

—¿Luz? —musité.

—Sí —asintió y luego señaló a la ventana con un gesto vago—. Ahí fuera está oscuro, pero aquí dentro hay luz.

—Aquí… ¿en mi cuarto?

—Ahí, donde estás tú —respondió y luego se rascó la cabeza—. Por eso he venido. Me parece… me parece que estaba buscando a alguien.

De pronto pensé con horror que quizá no solo no sabía dónde estaba. A lo mejor ni siquiera se había dado cuenta de que estaba muerto. De que yo lo había matado.

—A mí —dije, sentándome muy despacio al otro lado de la cama—. Me está buscando a mí.

Entonces, por primera vez, volvió la cabeza y me escudriñó con sus ojos descoloridos. No sé si alcanzó a ver mis lágrimas.

—No —respondió por fin—. Se te parece un poco, pero no eres tú.

—¡Sí, soy yo! —gemí—. Soy yo, soy yo el que tiene la culpa de todo.

—No, fue ese chico del instituto —insistió él, levantándose—. El del descampado, ¿te acuerdas? La paliza, los cristales rotos… Creo que se apellidaba Luna.

—¡Yo me apellido Luna!

—No —negó él, agarrando el pomo de la puerta—. Tengo que seguir buscando.

—Espere, por favor —le supliqué.

—Gonzalo, eso es —dijo, justo antes de salir de la habitación—. Se llamaba Gonzalo Luna.

Me abalancé tras él, pero su figura sin sombra había vuelto a desaparecer en las tinieblas del pasillo. Al único que vi, recortado contra la luz del comedor, fue a papá. Se había levantado del sofá al oírme alzar la voz.

—¿Qué pasa, ya estás discutiendo con tu madre?

Asentí, confundido, hasta que lo vi darse la vuelta para regresar al sofá.

Gonzalo Luna era él.

CAPÍTULO 38

Apenas dije una palabra durante la cena, animada tan solo por el ruido monótono del televisor.

Los ojos de mi padre también se perdían más allá de la pantalla. Proyectaba una de nuestras películas de acción favoritas, pero, por una vez, ninguno de los dos le prestaba atención.

Yo todavía recordaba la historia que me había contado en el coche años atrás. La de aquel alumno al que atormentaban en su colegio. Aquel día, el relato de mi padre había sido el de un simple espectador. Y, sin embargo, ahora comprendía que él también tenía que haber tomado partido en la historia del chico. Siempre se toma partido, de una forma u otra.

Nunca le había preguntado si se había molestado en alertar a algún profesor. Si había intentado defender a su compañero. Si había contemplado en silencio cómo lo agredían o si se había reído junto a los demás.

Lo que empecé a sospechar aquella noche fue algo todavía peor.

Que mi padre había sido el verdadero agresor de Aguirre.

Otro lobo como yo. El padre del mismo chico que, muchos años más tarde, lo había humillado frente a sus alumnos. A lo mejor por eso me seguía. Para hacerme pagar por las culpas de los dos. Porque el recuerdo de lo que le habíamos hecho no lo dejaba descansar en paz.

Contuve una arcada y escupí en una servilleta la comida que llevaba tiempo mareando en la boca. Luego alcancé el mando del televisor y, sin pedir permiso, bajé el volumen.

—¿Qué pasa? —se asombró mi padre.

—Oye, ¿tú conocías a Jesús Aguirre? —pregunté.

Hacía unos días, papá había abandonado abruptamente mi cuarto al oír el nombre del profesor. Tampoco había dicho mucho después, cuando le conté lo de su muerte. Se limitó a comentar vagamente lo triste del suceso antes de cambiar de conversación.

—Sí, claro. Era tu profesor, ¿no? El Ojos de…

—Quiero decir que si lo conocías de antes, de cuando eras pequeño, del barrio.

—¡Yo qué lo voy a conocer!

Mi padre sería fuerte y duro, pero no era buen mentiroso. Advertí que se ponía tenso por su forma de volverse hacia la imagen muda del televisor. Tenía los dedos rígidos sobre el reposabrazos.

—Me parece que ibais juntos al colegio —me atreví a decir, aun sabiendo que no podía probarlo.

—¿De dónde has sacado eso? —se alteró.

—Me lo dijo él, Aguirre —repuse. No era del todo mentira.

Su reacción fue, a todas luces, exagerada.

—Y yo qué sé, ¿cómo me voy a acordar de todos los que iban a mi colegio? —gruñó, mientras se levantaba para coger el mando y apagaba el televisor—. Anda, a dormir.

—Es que…

—Mañana hay clase, ¿no? Pues recoge tus cosas y acuéstate de una puñetera vez.

Seguí oyendo sus pasos inquietos recorrer la casa hacia un lado y hacia el otro. Poco después sonó un portazo y el ruido se apagó. Bueno, casi. Seguía sonando un murmullo mortecino tras la pared que separaba nuestras habitaciones. No me pareció música ni tampoco una película. Ni siquiera podía distinguirse una palabra de aquel bullicio pequeño y confuso.

Al asomarme fuera, vi que bajo la rendija de su puerta parpadeaba un resplandor azulado. Me acerqué de puntillas, me incliné sobre la puerta y escuché.

Lo que se oían eran gritos y risas, distorsionados por una grabación de mala calidad. Debía de ser un vídeo, después de todo. Un vídeo muy corto, apenas treinta o cuarenta segundos reproducidos en bucle desde el ordenador de mi padre. La secuencia era siempre la misma y en ella apenas se distinguían algunas palabras que destacaban entre el alboroto general.

«¡Maricón!». «¡Chivato de micrda!». «¡Dale, dale alí!». Y así una y otra vez.

Aquella noche, yo también di vueltas y vueltas sobre mi cama hasta caer dormido de agotamiento.

Mi padre no mencionó nada del asunto al día siguiente y trató de aparentar que todo estaba como siempre. No obstante, sus ojos lo desmentían con unas ojeras aún más hinchadas y oscuras que las mías, casi de color rojo. ¿Era posible que hubiera llorado? ¿Que también se sintiese culpable?

Me sentí incapaz de preguntárselo, así que después de ducharme y vestirme me despedí de él, ya con la mochila al hombro. Sin embargo, no me dirigí al instituto, sino que salí a la calle y me refugié en una esquina cercana, calentándome las manos con mi propio aliento, hasta que lo vi abandonar el portal. Entonces regresé corriendo a casa, entré en su habitación y encendí el ordenador.

Encabezando la lista de últimos archivos abiertos había, efectivamente, un vídeo. El nombre era una larga secuencia numérica que no me decía nada. Sospechaba lo que iba a encontrar dentro antes incluso de hacer clic sobre él.

La imagen, como el sonido, tenía una calidad pésima. No solo porque el móvil con el que se había grabado era antiguo, sino porque quien quiera que lo llevaba en la mano no dejaba de moverse. Participaba, igual que los demás chicos del vídeo, en la brutal paliza que entre todos le estaban propinando a alguien.

Era un adolescente flaco, casi un niño, encogido en el suelo de un descampado, entre latas y cristales rotos. Se cubría la cabeza con las manos tratando de protegerse de las patadas que los demás descargaban sobre él.

«¡Maricón!». «¡Chivato de mierda!». «¡Dale, dale ahí!».

Todos los gritos pertenecían al mismo muchacho, que instigaba a los demás mientras inmovilizaba al chaval flaco pisándole el costado con un pie. Descargando todo su peso sobre su cuerpo convulso.

La cámara subía, bajaba y daba vueltas entre otros rostros

deformados por la risa y el odio. En cierto momento, casi al final de la secuencia, los ojos de la víctima me observaron un segundo. Casi como si estuvieran pidiéndome ayuda a través del tiempo, desde aquel instante remoto que ya nadie podría cambiar nunca. Entonces los reconocí.

Se parecían a los míos. Y es que no eran los ojos de Jesús Aguirre, como había sospechado, sino los de mi padre.

En cuanto a Aguirre, era el joven pelirrojo que lo mantenía sujeto.

CAPÍTULO 39

Para cuando llegué al instituto, ya era casi la hora del recreo.

Incapaz de permanecer quieto, esperé a que se abriera la verja caminando incesantemente de un lado a otro. Igual que mi cuerpo, también mi cabeza iba y venía, pensando aún en lo que acababa de ver. En lo que continuaba viendo con solo cerrar los ojos.

Todo era justo al revés de como había imaginado.

El chico del relato no era Aguirre, sino mi padre. Y el profesor, aquel hombre de maneras suaves y afables, su monstruo. El cabecilla de los que durante años lo habían acosado en el colegio con sus burlas, sus golpes, sus risas y, sobre todo, con su silencio cómplice. Por un momento, llegué incluso a alegrarme de que estuviera muerto.

A su modo, papá había tratado de protegerme con su historia, pero ocultándome que él era en realidad el protagonista. Aguantándose al contármela, quizá, las ganas de llorar. ¿Qué otras lágrimas se habría guardado bajo su apariencia feroz? ¿Cuántas veces habría visto aquel maldito vídeo, por cuántos teléfonos y ordenadores habría pasado a lo largo de su vida?

¿Qué habría sentido al enterarse por mí de que su verdugo era, precisamente, el profesor de su hijo?

Así, saltando de pregunta en pregunta, llegué por fin a la que más me desconcertaba: ¿por qué el fantasma de Aguirre me perseguía precisamente a mí? ¿Por qué veía luz a mi alrededor?

La sirena del recreo interrumpió mis reflexiones.

Ya estaba cruzando el patio hacia la entrada principal cuando vi que Gabi se acercaba a la carrera. Hacía mucho que no nos dejábamos ver juntos en el centro.

—Tío —jadeó y luego preguntó sin rodeos—. ¿Lo sabes?

—¿El qué?

—Lo de Aguirre. Resulta que no se suicidó.

—¡¿Qué dices?! —exclamé. Un inmenso alivio, como una gran bocanada de aire puro y liviano, aligeró por un momento el peso de mi culpa.

—Lo andan diciendo todos —dijo Gabi mientras me ponía una mano en el hombro—. La tutora lo ha dejado caer antes en clase.

—¿Pero entonces…?

—¡Hombre, Lobo! —nos interrumpió una voz.

A nuestra espalda acababa de aparecer Hernán. Parecía otra vez de buen humor. Todo mi cuerpo volvió a tensarse, pero yo lo obligué a mantenerse firme, junto a Gabi.

—Hola —lo saludé.

—Ya pensaba que no venías —me dijo, mirando con sorna hacia el otro—. Ven, anda, que tengo que hablar contigo.

—¿De qué? —repliqué.

—Pero sin el machote delante, no sea que me vaya a pegar —sonrió.

Gabi se encogió de hombros e hizo amago de irse, pero yo lo retuve a mi lado.

—Déjalo, está hablando conmigo —repuse, sintiéndome más fuerte de lo que me había sentido en días—. ¿Qué querías?

Hernán me escudriñó un momento con los ojos teñidos de desafío y de cierta sorpresa divertida. Una vez más, le hacía gracia mi provocación.

—Tú vente y te cuento —insistió.

—Ahora no puedo, estoy con Gabi —gruñí—. Dime lo que sea.

Él pareció valorar si valía la pena retarme antes de contestar.

—Nos vemos en el Bosque después de clase —masculló al fin—. Necesito que me ayudes con una cosa.

—¿Con qué? —pregunté. Temía que tuviera que ver con Martina. No me imaginaba otra cosa que pudiera hacerlo sonreír así.

—Tú vente —repitió—. Si no estás haciendo manitas con tu novio, claro.

Luego, después de dedicarnos una última mirada, desapareció en dirección al patio trasero. Yo me volví hacia Gabi, que también me contemplaba con asombro. Parecía a punto de decir algo, pero no le di tiempo. Necesitaba que terminase cuanto antes su explicación.

—Dime de una vez qué le pasó a Aguirre.

—Ah —suspiró—. Lo atropellaron, tío. El conductor se dio a la fuga.

Comprendí entonces que el ruido que había despertado a los vecinos no era el del cuerpo de Aguirre al precipitarse contra el suelo. Era el del impacto del turismo que lo había arrollado. Era aquel coche el que había acabado con su vida, no yo. Todavía estaba tratando de asimilarlo cuando Gabi bajó un poco la voz para decirme, casi al oído:

—Una amiga de mi madre es de la nacional —susurró—. Por lo visto algún vecino les ha dicho que justo después de oír el golpazo vio un coche salir escopetado por la calle. Ahora andan buscando al dueño.

—¿Le cogieron la matrícula? —pregunté.

—No, pero parece que era un Toyota de color granate.

CAPÍTULO 40

No llegué a entrar a clase aquel día. Ni siquiera seguí hablando con Gabi. En lugar de eso, me despedí precipitadamente de él y volví corriendo a casa de mi padre.

Allí, cerca del portal, vi su coche aparcado. Era el mismo al que me había subido con diez años, humillado y envuelto en una toalla. Mi padre hablaba a menudo de cambiarlo, porque tenía ya muchos años y la carrocería estaba desgastada y marcada por las abolladuras. Pero era un Toyota granate.

Fui reconstruyendo el puzle en mi cabeza mientras, con el estómago revuelto, recogía mis cosas de su piso y las amontonaba hechas un gurruño al fondo de la mochila.

Yo mismo había puesto a mi padre sobre la pista de Aguirre. No sabía cómo había llegado a averiguar su dirección, pero no le habría sido difícil preguntar a algún vecino del barrio o en el propio instituto. El caso es que, aprovechando mi ausencia, había ido a visitarlo la noche de Halloween. Y luego…

Bueno, era fácil imaginárselo.

El asesino de Aguirre no había sido yo, sino mi padre. Se había vengado de su acosador.

Atravesé el puente sobre la autopista con la mochila brincando sobre los hombros. Ni siquiera había tenido paciencia para esperar el autobús. Necesitaba correr, moverme, mantener el cuerpo ocupado. Saqué del bolsillo las llaves de casa de mi madre mucho antes de llegar sin resuello a su portal.

Pensé que no habría nadie, por eso me alivió tanto el ruido que llegaba de la cocina. Mi madre, en cambio, debió de alarmarse al oír abrirse la puerta a aquellas horas. Era su día libre, y estaba vaciando el contenido de unas bolsas en la nevera.

—¿Quién es? —voceó—. ¡¿Amanda?!

—Soy yo —jadeé, entrando como un vendaval en la cocina.

—¡Jacob! —exclamó. Pude notar que, bajo su gesto alarmado, se alegraba de verme—. ¿Qué haces aquí?

No había forma fácil de decir aquello, especialmente con lo alterado que estaba.

—Papá ha matado a Aguirre —conseguí articular entre hipidos histéricos. Solo entonces advertí que llevaba rato llorando.

—¿Pero, hijo, qué dices?

No dejé de resollar mientras mamá me acompañaba a mi cuarto y me sentaba sobre la cama. Estaba tan fuera de mí que ni siquiera me sentía capaz de explicarme.

—Cálmate, Jacob. —Me cogió la mano—. Cálmate y cuéntamelo todo.

Y eso hice, contarle todo.

Le hablé atropelladamente del Toyota granate, del vídeo que había descubierto en el ordenador de mi padre, de la relación que lo unía con Aguirre, de la noche de Halloween. Pero no me detuve ahí. Entre llantos, sin darme cuenta, me encontré hablándole también de lo que le habíamos hecho al profesor, de cómo me había acusado a mí mismo para proteger a Hernán, de mi discusión con Gabi, del miedo que me había paralizado el primer día de instituto.

No podía parar. Una cosa llevaba a la siguiente, y aquella confesión interminable me ayudaba a comprender mi propia historia. Todo lo que me habían hecho, pero también lo que había hecho yo.

No sé en qué momento, mamá comenzó también a llorar. Aquello que a mí tanto me desahogaba iba cayendo sobre ella como un peso gigantesco, inaguantable.

Yo, en vez de detenerme, seguí hilvanando otros recuerdos más antiguos. Recuerdos de mi infancia, de mi viejo colegio, de los motes y las humillaciones que aún llevaba a la espalda.

Solo hubo dos cosas que no pude mencionar: a Lobo y al fantasma.

—Jacob —gimió mi madre cuando callé al fin, exhausto—. ¿Por qué nunca me has contado nada de esto?

Sentí a mi lobo rugir, furioso, al fondo de las tripas.

—¡¿Por qué no me pediste tú que te lo contara?! —estallé.

—Pero… pero, hijo —murmuró ella, con la cara desfigurada por una culpa injusta—. Yo siempre te he preguntado… Te preguntaba cada día, y tú nos decías que no pasaba nada…

Mi rugido se disolvió de pronto en un nuevo sollozo.

—¿Y por qué nadie se dio cuenta? —farfullé, deshecho en lágrimas y dejándome caer sobre su hombro.

Ella me abrazó, igual que cuando era pequeño, y dejó que mi llanto empapase su hombro.

CAPÍTULO 41

Mi madre paseaba de un lado a otro de la habitación, con el móvil pegado a la oreja. Papá seguía sin descolgar sus insistentes llamadas.

—Estará trabajando —suspiró ella, volviéndose hacia mí—. Oye, Jacob, mírame. Sé que tu padre y yo no nos llevamos bien últimamente, pero estoy segura de que él no ha matado a nadie.

—Ya —repuse, secándome la nariz todavía húmeda. Sus palabras no lograban tranquilizarme.

—Te juro que vamos a hablar los tres juntos de todo esto, cariño, te lo juro —dijo, mientras posaba la mirada en el reloj del teléfono—. Ahora tengo que salir un momento a por Amanda, ¿por qué no vienes conmigo?

Yo negué con la cabeza. Me sentía demasiado agotado.

—Bueno, entonces descansa —trató de sonreír sin conseguirlo del todo—. Espéranos aquí, ¿vale?

Salió corriendo de casa después de recoger la compra, que había dejado olvidada sobre la encimera. A mí aún me escocían los ojos cuando me tumbé sobre la cama. Aunque mi intención era dormir un rato, deslicé la mano con un gesto automático hacia el bolsillo. Buscaba inconscientemente el teléfono, al que llevaba horas sin prestar atención.

Dónde te has metido, Lobo?

Estamos en el Bosque

Te estamos esperando

Eeeh

Si ves esto, vente para el mirador de la autopista

Trae tu careta, ok?

Todos los mensajes eran de Hernán.

Nada más leerlos, me incorporé de golpe sobre la cama. El mirador de la autopista era aquel descampado del que me había hablado Gabi. El mismo donde lo habían citado para tenderle una trampa.

Fue entonces cuando supe lo que iba a suceder y también lo que había querido decirme Hernán durante el recreo.

Me puse en pie. Luego, sin esperar a que mi madre regresase con Amanda, salí de casa sin llaves y en mangas de camisa. Había olvidado el frío que hacía fuera, pero ya era tarde para regresar a por un abrigo.

Lo que no había olvidado era la máscara. Tal vez la necesitase, al fin y al cabo.

Galopé calle arriba, no solo para calentarme, sino porque temía no llegar a tiempo. Iba esquivando peatones e ignorando bocinazos airados al cruzar los semáforos en rojo. A pesar de todo, parecía avanzar muy despacio, como en esos sueños en los que corres y corres sin moverte del sitio. Por fin, el lejano rumor de la autopista fue creciendo hasta convertirse en un ruido ensordecedor.

Estaba llegando a la imponente mole de hormigón que cruzaba la carretera.

Confundido, oteé las laderas cubiertas de maleza que flanqueaban los extremos del puente. Gabi no me había dicho en cuál de sus lados quedaba el mirador. Por suerte, en aquel momento distinguí una figura conocida y cabizbaja que lo cruzaba en dirección contraria a la mía. Iba fumando, como de costumbre.

—¡Ari! —chillé, corriendo a su encuentro.

Ella levantó la vista del suelo para mirarme un momento y, por toda respuesta, se echó por encima la capucha. Allí arriba, el estruendo del viento competía con el del tráfico.

—¿Qué pasa, dónde están todos? —le pregunté.

—Por allá —dijo ella, señalando un punto a su espalda.

Hablaba sin la dulzura habitual en ella, como si no supiera quién era yo.

—¿Y tú, a dónde vas? —insistí.

—No sé, a casa, con mis tías —musitó, apurando su cigarrillo—. Ve tú, yo no quiero saber nada.

Luego tiró la colilla al suelo y siguió cruzando el puente sin mirar atrás.

Yo tampoco la llamé, sino que aceleré mis pasos hacia el lugar que me había indicado. A un costado del puente, la barandilla se veía interrumpida. En aquel punto comenzaba un rastro de matojos pisoteados que apenas podía considerarse un camino.

Me interné entre aquellos matorrales hasta que, sobre el

ruido de la autopista, me llegó el murmullo inconfundible de voces.

Allí, ocultos tras aquella jungla marchita y amarillenta, encontré a mis amigos.

Hernán, Tuerto y Yasir transmutados en diablo, zombi y esqueleto gracias a sus máscaras baratas. Un poco más atrás, pero respaldándolos, Valeria contemplaba la escena con una extraña mezcla de curiosidad y hastío.

Y, frente a todos, Martina.

La estaban acorralando. Casi jugando con ella, como si fuera una presa ya ganada. Su única vía de escape era el terraplén que descendía hacia la rugiente autopista.

—¡Eh! —grité, antes de darme un segundo para pensarlo.

El diablo se volvió hacia mí, e incluso con la careta puesta supe que estaba sonriendo.

—¡Hombre, Lobito! —voceó—. Llegas a tiempo.

—Dejadla en paz —ordené, con toda la autoridad de que fui capaz.

De nuevo volvía a sentirme como en una película, pero al menos aquella sensación de irrealidad me ayudaba a representar mejor el papel que me había tocado. Tenía el vello de los brazos erizado por el frío.

—¿Pero qué dices? ¡Si ahora empieza lo bueno!

Me alarmé al notar que Tuerto mantenía una mano metida en el bolsillo. Preferí seguir hablando a averiguar lo que llevaba dentro.

—Que la dejéis, joder —repetí, avanzando hasta que mis piernas dejaron de responder a mis órdenes—. Ella no ha hecho nada.

—Huy, este se ha enamorado —rio Valeria, pero Hernán no le prestó atención.

—¿Cómo es eso? —preguntó.

Aquella parte del guion era aún más difícil de pronunciar, pero no había otra forma de seguir adelante. Martina, que había aprovechado la ocasión para alejarse de la pendiente, me miraba desconcertada.

—Que fui yo el que sacó la foto de tu móvil. Ella no tuvo nada que ver —confesé sobre el ruido del tráfico.

Pensé que Hernán esperaría al menos una explicación, una buena excusa para lo que había hecho. Me equivocaba. Aún estaba pensando cómo abordar mi historia cuando lo vi abalanzarse sobre mí y derribarme de un empujón. Caí sentado sobre la arena, que me arañó las palmas de las manos con sus guijarros.

—¿Qué has hecho qué, cabrón? —dijo, enseñando los dientes tras los labios fruncidos. Una vez más, su afecto se había transformado en ira a la velocidad del rayo.

—¡Lo siento!, ¿vale? —voceé con todas mis fuerzas. Y era cierto.

—¿Que lo sientes? —masculló Hernán, dirigiéndose a los otros—. Eh, que dice que lo siente. ¡Ya te digo yo que vas a sentirlo más!

Vi a Tuerto avanzar un paso hacia él, pero también descubrí con asombro que Yasir se había alzado la careta. Tras ella, su rostro no parecía el de alguien capaz de acorralar a otro para darle una paliza. Casi podría jurar que estaba aliviado.

—Espera, tío —dijo, conciliador—. Déjalo que hable.

—Una mierda va a hablar, con lo que me ha hecho —gruñó el otro, volviéndose hacia mí.

—¡¿Y lo que has hecho tú, qué?! —aullé, repentinamente rabioso—. ¿Y toda la gente a la que le arruinas la vida por la mierda que llevas dentro?

Si yo tenía merecido su castigo y su desprecio, él no merecía menos. Lo que le había hecho no era muy diferente de la humillación a la que Hernán había sometido a Gabi, a Martina, a Aguirre, al chico de la tercera fila. Ambos éramos lobos y entre los dos nos habíamos repartido cada presa. La diferencia estaba en que, por una vez, yo no rugía por mí, sino por mis víctimas. Eso me infundió ánimos.

Entonces, después de levantarme, me coloqué la careta que llevaba en el bolsillo.

No tenía ninguna intención de comenzar la pelea. Pero si Hernán me atacaba, algunas fuerzas me quedarían para devolverle el golpe.

Y lo hizo. Se abalanzó gritando sobre mí.

—¡Te vas a cagar! —aulló, mientras me embestía de costado.

Su hombro se me hundió en el pecho, dejándome un instante sin respiración. A pesar de eso, reaccioné lo bastante rápido como para agarrarlo de la cintura. Forcejeamos. Él lanzó un rodillazo que me rozó la entrepierna y yo respondí con un puñetazo que fue a pegarle en la barbilla. Pude sentir el filo casi cortante de su mandíbula en el dorso de los dedos. Y, justo después, el cabezazo que me atizó en la nariz. El sabor de la sangre que me resbalaba bajo la máscara encendió aún más mi cólera. Ya no tenía frío, sino que sudaba, enloquecido por la pelea.

Lo que vino después resulta más confuso.

Más golpes, empujones, guijarros en mi espalda al rodar

por el suelo. Gritos a mi alrededor. No supe si nos animaban a seguir o nos pedían que parásemos.

Al menos hasta que escuché bramar otra voz, mucho más grave y adulta. Tan enérgica que hizo que los dos nos detuviéramos en seco.

—¡¡¡Jacob!!!

Era la de mi padre, llamándome desde el puente.

Al verlo allí, el grupo de Hernán salió huyendo en dirección contraria y desapareció entre la maleza seca que bordeaba la autopista. Martina y yo nos quedamos allí, de pie, envueltos por el viento y el bramido del tráfico.

Ella me ayudó a levantarme y me abrigó con su chaqueta. Entonces me despojé de mi máscara y la lancé por el terraplén que desembocaba en la autopista.

Confío en que aún siga allí, cubierta para siempre de hierba.

CAPÍTULO 42

Mi padre conducía despacio. Por el modo en que me miraba a través del retrovisor, supe que mamá se lo había contado todo. Al menos lo más importante. Tal vez por eso, mientras daba vueltas en coche buscándome, se le había ocurrido pasar precisamente junto al puente de la autopista. Temía que, impulsado por la desesperación, hubiera huido de casa para hacer una tontería.

Apenas habló durante el trayecto, salvo para preguntarle a Martina su dirección. Ella, sorprendentemente, me echó una mano haciendo ver que me había peleado para defenderla, pero antes me ofreció un pañuelo de papel con el que contener mi hemorragia. Aunque la nariz no estaba rota, la congestión del golpe se sumaba al vértigo que aún me nublaba la cabeza.

—Gracias —murmuró al despedirse en su portal, sin aclarar a cuál de nosotros se refería.

Luego, cuando al fin nos quedamos solos en el coche, fue papá el que habló primero. Pensé que iba preguntarme por la pelea, pero había otra cosa que le preocupaba aún más.

—¿En serio me crees capaz de matar a alguien? —masculló.

Permanecí callado, encogido en el asiento del copiloto. Él detuvo el coche en una esquina desde la que alcanzaba a ver, asomando entre los tejados, la cruz de la iglesia.

—Es verdad que conocía a Aguirre —confesó a continuación, con las manos aún sobre el volante—. Era… Bueno, ya sabes quién era, ¿no?

—Sí —murmuré.

—No había vuelto a verlo desde entonces —suspiró—. Tampoco tenía ni idea de que había vuelto al barrio, mucho menos de que era tu profesor. Cuando me lo dijiste… Bueno, te lo puedes imaginar. El mismo tío que me había jodido la vida estaba ahí mismo, a cuatro manzanas, dándole clase a mi hijo. Solo de pensarlo, me hervía la sangre.

No dije nada. Aquella explicación solo lo hacía parecer aún más culpable.

—Me había propuesto no hacer nada —dijo, con una voz que se iba apagando—. Pero luego…, en fin, terminé enterándome de que vivía otra vez en su antigua casa, la de sus padres, la de cuando éramos pequeños. Entonces, aquella noche, cuando tú te marchaste con tus amigos…

—Fuiste a verlo —dije, al ver que se quedaba callado—. ¿Qué pensabas hacerle?

—No lo sé, te juro que no lo sé —respondió, golpeando el volante—. Supongo que quería amenazarlo, darle un par de tortas si se ponía chulo, yo qué sé… Demostrarle que ya no era un blandengue, sino fuerte como él, que no había conseguido destruirme.

Sabía que aquello no era del todo cierto. Lo quisiese o no, el carácter violento de mi padre, su aspereza, su aparente solidez, eran en gran parte el resultado de aquellos años. También él, como Gabi y yo, estaba marcado por una cicatriz indeleble. Podía dejar de doler, pero no desaparecía nunca.

Mi padre frunció el ceño al rememorar la noche en que había visitado a Aguirre.

—Cuando me abrió la puerta lo encontré tan destrozado, tan hundido en la mierda… —suspiró—. Olía a alcohol. Estaba tan ido que el muy… Bueno, ni siquiera se acordaba bien de mí.

Entendí que se hubiera sentido frustrado al verse de pronto incapaz de pegarle, de intimidarlo, de someterlo a algún tipo de humillación. Vengarse de aquel hombre miserable no tenía ya sentido. Por eso papá lo dejó allí y se largó de vuelta al coche, con la misma impotencia y rabia estéril que yo había sentido al reencontrarme con Martina.

—Ya había arrancado cuando lo vi aparecer por el retrovisor —musitó después—. Estaba saliendo del portal. Venía haciéndome señas, gritando algo, como si quisiera llamarme. Cruzó la calle sin mirar y entonces…

Entonces otro vehículo, un sedán blanco que se aproximaba a toda velocidad por la calzada desierta, no pudo frenar a tiempo y lo arrolló. A continuación, después de detenerse durante unos segundos interminables, siguió su marcha y desapareció por la siguiente esquina.

—De verdad que quise ayudarlo —dijo mi padre, y su voz terminó de romperse—. Pero lo vi ahí, tan quieto, con los ojos abiertos… No se podía hacer nada.

Al fin, también él había decidido dejar atrás el cuerpo de Aguirre para perderse en la oscuridad. Alguien, algún vecino alertado por el ruido, lo había visto huir desde su balcón.

—Estuve por ahí, dando vueltas con el coche, pensando en ir a la policía —farfulló, cada vez más alterado—, pero no sabía cómo explicarlo todo. Cómo iba a decirles por qué había ido yo a verlo a esas horas… Contarles que ese tío…

Enmudeció y la vergüenza tiñó de rubor sus orejas igual que solía hacer con las mías. Yo tampoco supe qué más decir al verlo así, hundido y encorvado sobre el volante. Para no incomodarlo, desvié los ojos hacia la ventanilla.

Y allí, reflejada en el espejo empañado del retrovisor, vi otra vez la cara de Aguirre.

Me asusté, aunque solo duró un instante. Ni siquiera estaba en el asiento trasero cuando, con el corazón encogido, me volví a mirar. Pero su cara de tristeza se me quedó grabada. Podía verla con solo cerrar los ojos. Entonces supe al fin lo que me estaban pidiendo aquellos ojos saltones y suplicantes.

Quería que hiciera algo por él, algo que no tenía que ver conmigo, sino con mi padre. Lo que aquel brutal accidente había interrumpido.

—Al menos sabes lo que iba a decirte —musité, después de elegir cuidadosamente las palabras.

—¿El qué? —murmuró mi padre.

—Que lo perdonases por lo que te había hecho —respondí, y él alzó la cabeza para mirarme—. Por eso salió corriendo a buscarte. Estoy seguro.

—¿Cómo lo sabes? —dijo, con una respiración que volvía a sonar agitada.

—Porque ya no era ese chico que tú conociste —respondí, lleno de aplomo—. Porque, por mucho que te duela, él también había cambiado. Te lo juro. Te juro que necesitaba que lo perdonases. Que a lo mejor aún lo necesita.

Entonces papá también se desmoronó, convirtiéndose por un instante en aquel chaval desvalido y frágil que me había mirado a través de la pantalla.

Esta vez fui yo el que lo abrazó torpemente, mientras él lloraba sobre mi pecho.

CAPÍTULO 43

Solo volví a ver a Aguirre una vez.

Fue aquella misma noche, después de que Amanda se colase sin permiso en mi habitación. Me reconfortaba estar de nuevo allí, en pijama, entre mis muñecos de superhéroes y los dibujos descoloridos que colgaban de la pared. Entre todo lo que quedaba del niño que había sido. La nariz y los cardenales ya casi no dolían.

—Vas a quedarte seguro, ¿no? —preguntó mi hermana, asomada al marco de la puerta. Era la tercera o cuarta vez que lo repetía desde la cena.

Le preocupaba que, al despertar, hubiera vuelto a marcharme. Seguía necesitándome más de lo que yo creía.

—Que sí, que te lo prometo —repuse pacientemente.

—Vale —se tranquilizó—. Y yo te prometo que no voy a volver a chivarme.

Entonces dejé de sonreír y me senté en la cama para poder mirarla de frente.

—No —dije—. Quiero que me prometas justo lo contrario. Que vas a chivarte. De mí o de cualquiera que te haga daño, ¿vale? Prométeme que no te lo vas a callar nunca. Promételo.

—Lo prometo —dijo ella muy seria, antes de que mi madre la llamara para acostarse.

Fue entonces cuando, al acercarme a entornar otra vez la puerta, me volví y descubrí a Aguirre sentado a mi escritorio. Esta vez no me tembló tanto la mano al cerrar el pomo. Casi empezaba a acostumbrarme a su presencia.

Mi profesor ya no parecía buscar nada. Solo contemplaba, pasándolas suavemente con los dedos, las páginas de mi cómic. El primer botón de su pijama estaba por fin abrochado.

—¿Le gustan? —pregunté, aproximándome suavemente para no asustarlo.

—Están muy bien, pero… —murmuró, sin sobresaltarse siquiera—. Pero falta un lobo.

Una vez más, no entendí su respuesta. En cambio, advertí que mis trazos se transparentaban levemente a través de sus dedos, como si hubiera comenzado a desvanecerse.

—¿Un lobo? —repetí.

—El de aquella leyenda india, ¿no te acuerdas? —dijo. Y luego, rascándose la cabeza, añadió—: ¿Nunca la conté en clase?

Después, a la luz blanca del flexo e interrumpiéndose de vez en cuando para hacer memoria, me contó su historia, que era muy breve.

Un muchacho charlaba con su abuelo a la luz del fuego. Como cada noche, quería pedirle consejo. Estaba desconcertado porque a veces, sobre todo cuando se sentía víctima de alguna injusticia, lo inundaban la rabia y el rencor, y solo deseaba pagar con ferocidad todo su dolor. Otras, en cambio, lo aceptaba con humildad y se mostraba dispuesto a aprender de él y a perdonar.

Su abuelo le contestó que también en su corazón se desarrollaba la misma batalla entre dos fuerzas opuestas.

—Son dos lobos —explicó al joven—. Uno de ellos es fiero y está lleno de ira y de arrogancia. El otro, por el contrario, es manso, compasivo y generoso. Los dos luchan cada día dentro de ti, dentro de cada uno de nosotros, intentando acabar con su oponente.

—¿Y qué lobo gana?

—Aquel al que tú alimentes —dijo el anciano quedamente a su nieto, igual que Aguirre me lo dijo a mí aquella noche.

Esta vez sí entendí lo que quería decirme. Y también que llevaba tanto tiempo alimentando a mi lobo fiero que casi había dejado morir al otro. Si Aguirre lo sabía era porque, alguna vez, también a él lo había dominado su lado oscuro.

—¿Sabes? —dijo entonces, volviendo a mi cuaderno—. Creo que deberías dedicarte a esto.

—Gracias —murmuré.

—Gracias a ti… por pedir perdón en mi nombre.

—Yo también necesito que me perdone —le dije con voz desgarrada—. Por lo que le hice.

—Eso está olvidado —sonrió—. Ahora creo que debería marcharme.

—¿Ya no está tan oscuro ahí fuera?

—Ya no.

Quizá era su lobo manso el que lo había guiado hasta mí. El que había visto brillar algo en toda la negrura desplegada a mi alrededor. Ahora, sin embargo, había una luz más grande esperándolo. En alguna parte.

Aún seguía a su espalda cuando el sonido de mi teléfono me sobresaltó. Bastó con que me volviera a observarlo un instante para que el fantasma se esfumase de nuevo.

Y, esta vez, para siempre.

—¿Gabi? —contesté, después de inspirar profundamente—. ¿Qué pasa?

Era raro que mi amigo me llamase a aquellas horas. O, mejor dicho, que me llamase sin más.

—Acabo de enterarme de lo de la pelea —respondió, preocupado—. ¿Estás bien?

Feliz de volver a tenerlo como amigo, se lo expliqué todo con calma para tranquilizarlo. Incluso lo del fantasma. Lo bueno de que a Gabi le gustase la ciencia ficción es que estaba dispuesto a creer cualquier cosa lo suficientemente increíble. A cambio, le proporcioné una excusa para desviar la conversación hacia sus queridos cómics. Pero no me importó. Aún resonaba en mi cabeza lo que acababa de decir Aguirre sobre mis viñetas.

—Por cierto —lo interrumpí—. ¿Crees que aún estamos a tiempo de presentarnos al concurso?

—¡Jo, tío! —dijo, soltando una breve carcajada—. No me atrevía a proponértelo yo.

—Entonces mañana mismo me pongo con ello —prometí.

—Espera —replicó él—. El caso es que el guion de la rata mutante ya no me gusta.

—¡¿Por?!

—Es que se me ha ocurrido otra historia mejor —murmuró—. Pero solo si a ti te parece bien.

JEFE, ¡ALGUIEN ESTÁ LIBERANDO A LOS MUTANTES DE SUS JAULAS!

¡ALTO AHÍ! ¿QUIÉN ERES?

¿NO ME RECONOCÉIS?

¡ES LOBO, JEFE!

¡NOS HA ESTADO ENGAÑANDO SIEMPRE!

YO SOY QUIEN ME HE ESTADO ENGAÑANDO.

AHORA, AL FIN, SÉ CUÁL ES MI BANDO.

¡JA JA JA! ¡NO TENÉIS PODER NI ARMAS CONTRA NOSOTROS!

LOBO SE ENFUNDÓ ENTONCES UNA NUEVA MÁSCARA.

TAMPOCO TENEMOS MIEDO.

CAPÍTULO 44

Lo creas o no, nuestro cómic ganó el concurso.

Habíamos decidido titularlo simplemente *Lobo*. Yo lo dibujé, claro, pero fue Gabi el que redactó el guion una vez que le hube contado con calma toda la historia. Más o menos como la he contado aquí.

Ambos estuvimos de acuerdo en dedicárselo conjuntamente a Jesús Aguirre.

Francamente, nunca me atreví a preguntar cuánta gente se había presentado al certamen. Yo intuía que poca, Gabi aseguraba que mucha. En cualquier caso, los dos nos sentíamos orgullosos. No tanto por el premio en sí, sino porque quizá todo aquello por lo que habíamos pasado iba a servir por fin para algo. Para alguien.

En cierto modo, sus palabras y mis dibujos también hacían magia. Esa difícil y delicada alquimia que puede llegar a convertir el dolor en algo bueno.

La entrega de premios, por supuesto, tampoco fue como en las películas. Se limitó a una ceremonia sencilla y humilde, como la librería del barrio en la que tuvo lugar. Había vasos de plástico llenos de refresco y estufas eléctricas que aliviaban un poco el frío de enero. Por otro lado, las sillas de plástico desplegadas en el sótano del local estaban abarrotadas.

Allí, en primera fila, se sentaron mi madre y mi hermana junto a la familia de Gabi. Amanda aplaudía, convencida de que me había vuelto famoso. Papá no pudo acudir a causa del trabajo, pero prometió que se pasaría a vernos más tarde.

Por primera vez en mucho tiempo, decidí creer su promesa. Él también parecía más en paz desde que, unas semanas después de su denuncia, la policía había arrestado al responsable del atropello de Aguirre. Sin embargo, creo que aún lo ayudó más borrar de su ordenador aquel maldito vídeo. Ahora le quedaba un largo camino por recorrer. Yo confiaba en que me dejara acompañarlo.

La que sí acudió al acto, en cambio, fue Martina. Hacía tiempo que Gabi y yo habíamos empezado a juntarnos con ella. Primero en los recreos, y después, también fuera del instituto. Le había dado muchas explicaciones, pero todavía le debía algunas. Fue ella, sin embargo, la que se acercó a mí poco antes de la ceremonia.

—Toma —me dijo, ofreciéndome algo—. Quiero la primera dedicatoria.

Era solo un cuadernillo de hojas grapadas, una especie de edición rudimentaria de los cómics ganadores que había costeado la asociación de librerías, y que entregaban gratuitamente a los asistentes. No sería gran cosa, pero me hizo tal ilusión verme impreso que acepté firmárselo.

El problema era que no sabía qué ponerle. Mientras mordisqueaba mi rotulador en busca de inspiración, ella se llevó la mano al abrigo.

—Ah, también tengo una cosa para ti.

—¿El qué?

Sacó del bolsillo un papel doblado en cuatro mitades. Una simple hoja de cuaderno, cuadriculada y curtida por el tiempo. Al desplegarla la reconocí inmediatamente. Era la misma en la que, hacía ya muchos años, yo había pintado un tosco retrato de Martina.

—Ostras —dije, pues fue lo que me salió espontáneamente—. Qué mal dibujaba.

—Por lo visto mis padres sí se acordaban de toda la historia —explicó ella, y el rostro se le ensombreció un poco—. Al contármela me vino esto a la cabeza. Lo tenía por alguna carpeta vieja.

—¿Lo has guardado tanto tiempo? —titubeé—. Pero... ¿sabías que era mío?

—Claro.

—Pues nunca me dijiste nada.

—No —musitó con un hilo de voz—. Supongo que me daba vergüenza. Pero no sabes la ilusión que me hizo.

Aquello fue lo que más me costó creer. Incluso más que lo del fantasma.

Martina no me había dado la espalda en el colegio porque me odiase. Su insistencia en que yo no viese su escarabajo aquel día había sido solo un desafío, su forma infantil de llamar mi atención. Algo parecido a lo que hacía yo al tirarle de las trenzas. Una broma de niños.

Así es como comienza todo, y no como en las películas.

Como un juego inocente que se desboca hasta que deja de ser un juego. Una broma, una burla, un mote, un rumor, un mensaje anónimo, una amenaza, un golpe, una paliza. Un escarabajo diminuto que se nutre del silencio de todos y del que crece un monstruo del que nadie se siente responsable. Un monstruo que puede ser cualquiera. Que puede ser, incluso, una víctima más. Hernán, Aguirre, yo mismo.

—Lo siento —dijo Martina, pensando que había metido la pata.

Entonces destapé al fin mi rotulador y escribí, antes de firmar el cuadernillo:

«Para Martina, que fue mi monstruo hasta que yo me convertí en el suyo».

—Yo también lo siento —le sonreí, después de firmar el cuadernillo con mi nombre artístico. El único que podía haber elegido: Lobo.

Pensaba que aquella sería la última dedicatoria de mi vida. Sin embargo, vinieron muchas más, empezando por las que nos reclamaron después del acto. Por un momento, también Gabi y yo nos sentimos famosos. Aún seguíamos firmando cuando los vasos de plástico comenzaron a amontonarse, ya vacíos, sobre las estanterías. La multitud se dispersaba hacia la planta de arriba para salir del local.

Al levantar un momento la vista para mirar a mi alrededor, vi pasar a alguien conocido.

Era Yasir.

—Eh, Lobo —me dijo, guiñando un ojo entre la gente—. Felicidades.

Para cuando conseguí reaccionar, ya estaba subiendo las

escaleras. Quizá le dio vergüenza acercarse para decirme algo más. Lo único que sé es que, a partir de lo ocurrido en el mirador, también a él se le veía cada vez menos con Hernán y los demás.

A lo mejor, también él había empezado a ocuparse de su otro lobo.

En cuanto al resto, me gustaría decir que no volvieron a molestarme, pero no fue así. De hecho, lo intentaron por todos los medios posibles. Hernán siempre me la tuvo jurada y el resto de su pequeño grupo lo siguió siempre sin hacer preguntas. Y es que, en el fondo, aquel instinto animal suyo de atacar al más débil no formaba manadas, sino rebaños.

Por suerte, yo tampoco estaba ya solo. Tenía a Gabi y a mis padres. A Amanda. A Martina y a otros compañeros cuya confianza volví a ganarme poco a poco. Al resto de mis profesores.

Pero, sobre todo, me tenía a mí. A mis dos lobos.

Ahora sabía a cuál de ellos debía alimentar, pero siempre cuidando de no dejar morir al otro. Necesitaría también de su ferocidad, de su fuerza y de su determinación para enfrentarme a Hernán, a todos los que eran como él y que seguiría encontrando en mi camino. Porque eso es lo que verdaderamente les da miedo: que tú no lo tengas.

A pesar de todo, espero que también lleguen a leer esta historia.

Al fin y al cabo, para ellos la escribí.

Este libro se terminó de imprimir
en el mes de enero de 2024.